Himmelstürmer Verlag

www.himmelstuermer.de
E-mail: info@himmelstuermer.de
Originalausgabe, Herbst 2009

Rechtschreibung nach Duden, 24. Auflage

Coverfoto: © http://www.bussmann-design.de

Das Modell auf dem Coverfoto steht in keinen Zusammenhang mit dem Inhalt des Buches und der Inhalt des Buches sagt nichts über die sexuelle Orientierung des Modells aus.

Umschlaggestaltung: Olaf Welling, Grafik-Designer AGD, Hamburg.
www.olafwelling.de

Printed in Czech Republic

ISBN 978-3-940818-34-8

N. Schwalbe

Staatsanwalt sucht Polizist

Himmelstürmer Verlag

„Oh Mann, ich habe echt keine Ahnung, welcher Name besser klingt. Wieso muss ich entscheiden, wie unser Familienname lauten soll? Lass uns 'ne Münze werfen!" Gedankenverloren starrte ich meinem Verlobten hinterher. Sein knackiger Arsch wackelte vor meiner Nase herum, während er in seinem Rucksack nach dem Portemonnaie suchte. Beim Anblick seiner blauen Hose musste ich unwillkürlich grinsen. Sie erinnerte mich an eine meiner ersten Gerichtsverhandlungen als Staatsanwalt.

*

„Herr Kruse …? Herr Staatsanwalt, können Sie mich hören?" Warum mussten diese neuen Uniformen eigentlich so unverschämt gut aussehen? Egal, welcher Typ Mann in ihnen steckte, in der dunkelblauen Polizeiuniform sahen einfach alle unwiderstehlich sexy aus. Genau wie dieses Exemplar direkt vor meiner Nase. Wie hieß der Designer doch gleich? Verflixt nochmal, ich komm nicht drauf. Zu dumm aber auch, dass mein Superheld wieder vor die Tür geschickt wird. Der Richter will zuerst die Augenzeugin vernehmen.

„Äh, ja …wir können anfangen …" ich hatte keine Ahnung, was Richter Gotthardt mich gefragt hatte, aber ich lehnte mich erst einmal entspannt zurück und wartete ab, bis er die Personalien unserer einzigen Augenzeugin festgestellt hatte. Dann sah er mich auffordernd an.

„Herr Staatsanwalt? ... Hallo, Herr Kruse …Sie sind heute irgendwie nicht anwesend, habe ich das Gefühl! Haben Sie Fragen an die Zeugin?"

Richter Gotthardt starrte mich immer noch an. Ich war mit meinen Gedanken bereits bei einem äußerst romantischen Techtelmechtel im nächsten Lokal um die Ecke. Ich musste unbedingt in der Akte nach seinem Namen gucken, damit ich auch wusste, wie ich ihn in meinen Träumen ansprechen sollte.

Was wollte Richter Gotthardt von mir wissen? Gott, ich

musste mich wieder auf das Verhör konzentrieren.

„Äh …“, nervös raffte ich meine drei Blätter aus der Handakte zusammen, „also, äh … können Sie beschreiben, was der Täter zur Tatzeit anhatte?“

Ich hoffte sehr, dass sie noch keine Täterbeschreibung abgegeben hatte, denn ich hatte, entgegen meiner sonst so aufmerksamen Arbeitshaltung nicht ein Wort von ihrer Schilderung mitbekommen. Leise seufzend riss ich mich zusammen und hörte der Zeugin etwas aufmerksamer zu, wobei ich gelegentlich ein paar Herzen und Blumen auf meinen Schmierzettel malte, um die Zeit zu vertreiben. Eine geschlagene Stunde später quatschte diese unappetitlich dicke Frau immer noch und mein süßer Polizist wartete vor der Tür, anstatt mich mit seinem Anblick zu entzücken und seine Aussage zu machen. Ich schaute auf die Uhr. Es war bereits halb vier. Das sah nach Vertagung aus. Na gut, beruhigte ich mich, dann sehe ich ihn wenigstens nächste Woche wieder. Auch nicht schlecht, so würde ich genügend Zeit haben, um mir eine Strategie auszudenken, wie ich ihn ansprechen konnte, ohne mich zu blamieren. Ich hatte zwar keinen Ring am Finger gesehen, aber ich wusste weder, ob er liiert, noch, ob er überhaupt an Männern interessiert war.

Richter Gotthardt zog wieder meine Aufmerksamkeit auf sich. „Ich habe keine weiteren Fragen an die Zeugin, danke, Euer Ehren.“ Stirnrunzelnd legte Richter Gotthardt seine Unterlagen beiseite.

Ich glaube, heute erledigte ich meinen Job als Staatsdiener alles andere als gewissenhaft.

„Gut, Herr Kruse. Hat der Herr Verteidiger noch Fragen?“ Schwerfällig erhob sich mein Gegenüber.

„Ja, habe ich. Um wie viel Uhr waren Sie in der besagten Straße, Frau Schlichting? Das habe ich vorhin leider nicht genau verstanden.“

Die Zeugin rubbelte sich nachdenklich über ihre Steckdosennase. „Ich glaube, so um drei Uhr.“

„Und Sie sind sich sicher, dass Sie den Angeklagten am besagten Ort gesehen haben?“

Ängstlich schaute sich Miss Piggy um. Der Angeklagte erwiderte ihren Blick mit finsterer Miene. Die langen, strähnigen Haare fielen auf sein ausgeleiertes T-Shirt, während seine Hände auf der kaputtgerissenen Cordhose zu Fäusten geballt lagen.

„Äh, ja", piepste Frau Schlichting und verzog ängstlich das Gesicht. Sie fühlte sich sichtbar unwohl zwischen dem Richter, dem Verteidiger und dem finster dreinschauenden Angeklagten.

„Keine weiteren Fragen", stellte der Verteidiger fest und setzte sich.

Richter Gotthardt stellte fest, dass es für weitere Zeugenvernehmungen zu spät war und erklärte die Verhandlung für vertagt.

Ich sammelte meine Blätter ein, legte sie fein säuberlich in die Handakte und zog mir die schwarze Robe aus.

Als ich fünf Minuten später auf den Flur hinaustrat, war mein süßer Polizist leider schon weg. Richter Gotthardt hatte ihn bereits entlassen. Enttäuscht machte ich mich auf den Heimweg.

Nun hieß es noch eine ganze Woche abwarten und ein langes Wochenende im Kreise der Familie überstehen. Meine Schwester feierte ihren zweiunddreißigsten Geburtstag und die ganze Familie war eingeladen. Eigentlich besuchte ich meine Eltern gerne, aber zu Katjas Geburtstag sollten auch etliche Tanten und Onkel kommen, die ich schon ewig nicht mehr gesehen hatte. Ich wusste genau, was mir blühte.

„Ach, Marten, mein Junge. Du bist aber groß geworden. Wo ist denn deine Frau? Hast du gar keine Kinder?"

Wie gruselig! Ich entschied mich, meine Akten mit nach Hause zu nehmen und Feierabend zu machen, ohne noch im Büro vorbeizuschauen. Für heute hatte ich genug getan. Außerdem würde ich mich sowieso nicht mehr konzentrieren können. Unvermittelt blieb ich stehen. Mir fiel ein, was ich während der Verhandlung eigentlich nachschlagen wollte.

„He, was soll das? Kannst du nicht aufpassen, Mann?"

Ein großer, bulliger Mann war in mich hineingeprallt und hatte mir dabei fast die Tasche aus der Hand geschlagen.

Ärgerlich schaute ich ihn an. Was musste der Typ auch so

dicht auflaufen? Kopfschüttelnd entfernte er sich, während ich meine Tasche öffnete und die Handakte herauszog. Nervös blätterte ich sie durch, bis ich endlich auf den Polizeibericht stieß, auf dem sein Name stehen musste. Nico Krohninger ...hm. Nett! Ich blickte auf. Nico hieß er also. Ich verstaute die Akte und lief zur nächsten U-Bahnstation. Eine halbe Stunde später war ich zu Hause und machte mir erst einmal einen heißen Cappuccino und eine Kleinigkeit zu essen.

*

Bereits um zwei Uhr am darauffolgenden Tag saß ich im Zug nach Wilhelmshaven, um meine Familie zu besuchen. Meine Freude hielt sich in Grenzen bei dem Gedanken, dass ich mir wieder anhören durfte, wie schade es doch sei, dass ich niemanden mitgebracht hatte, wo doch meine große Schwester Katja bereits einen Ehemann und zwei entzückende Kinder vorweisen konnte. Und jedes Mal rang ich mir ein schwaches Lächeln ab und vertröstete meine Eltern. Ich war halt ein vielbeschäftigter Mann. Dass es nicht so einfach war, *den* Richtigen zu finden, verschwieg ich.

Mein Vater wartete bereits am Bahnhof auf mich.

„Hallo, mein Sohn! Wie war die Fahrt?“ Er umarmte mich und klopfte mir auf die Schultern.

„Hallo Papa! Ruhig, wie immer. Ich habe ja immer zu tun, wie du weißt.“

Das war natürlich glattweg gelogen. Ich war so unkonzentriert, wie noch nie zuvor in meinem Leben. Der bloße Gedanke an Nico hinterließ ein flaues Gefühl in meinem Magen, als hätte ich eine Achterbahnfahrt hinter mir und dazu noch ein Glas Wein zu viel getrunken. Also hatte ich meine Akten lieber gleich zu Hause gelassen und war mit einer kleinen Reisetasche und meinem MP3-Player bewaffnet losgefahren. Auf so einer Bahnfahrt konnte man seinen Träumen hervorragend freien Lauf lassen.

„Ach, Marten! Du arbeitest zu viel. Du solltest mal wieder ausspannen und jemanden kennenlernen. Sieh dir deine Schwester an…“

Ich stöhnte innerlich auf. Jetzt kam *die* Leier wieder.

„Ich weiß, Papa. Katja ist verheiratet, hat zwei süße Kinder und ein großes Haus. Demnächst kauft sie sich noch einen Hund und für die Kinder ein Meerschweinchen. Ach, Papa, ich bin halt nicht wie Katja. Außerdem bin ich ja noch jung ...“

Mein Vater nahm mir die kleine Reisetasche ab, als sei ich sechs Jahre alt.

„Papa, du brauchst dir wirklich keine Sorgen zu machen. Ich bin neunundzwanzig Jahre alt, habe einen Beruf, der mir viel Spaß macht und irgendwann treffe ich auch den Richtigen …Und die Tasche kann ich übrigens auch alleine tragen.“

Mein Vater winkte ab und ging voraus. Für ihn werde ich wahrscheinlich immer noch der kleine Marten sein, wenn ich schon ergraut bin und am Stock laufe. Achselzuckend folgte ich ihm.

Wir stiegen in seinen neuen Audi A9 und fuhren zum Haus meiner Eltern. Meine Mutter freute sich riesig, mich zu sehen und ließ mich gar nicht wieder los.

„Ach, mein Schatz! Du kommst viel zu selten nach Hause. Du siehst gar nicht gut aus … du bist so blass! Bestimmt arbeitest du zu viel …“

Ich grinste meine Mutter an. „Wäre es dir lieber, ich wäre arbeitslos und hätte viel Zeit zum Vögeln?“

Meine Mutter schnappte nach Luft und drehte sich empört weg. Das Thema Sex war tabu im Hause Kruse. Mein Vater tat so, als hätte er nichts gehört und verließ den Flur.

„Hallo, Bruderherz! Da bist du ja.“ Meine Schwester kam aus dem Wohnzimmer und gab mir einen Kuss auf die Wange.

„Hi, Katja! Alles okay?“

Katja lachte und warf ihren langen Pferdeschwanz über die Schulter. „Klar. Alles im Lot. Die Kinder sind gesund und fressen mir bald die Haare vom Kopf. Ich wäre wohl auch mal besser in den Staatsdienst gegangen. Als Anwältin mit zwei Kindern an der Backe und wenig Berufserfahrung kriegst du ja kaum einen Job. Von der Bezahlung rede ich besser erst gar nicht." Katja winkte lässig ab und ging in die Küche, um den Kuchen zu holen.

Ich begab mich ins Wohnzimmer und begrüßte meinen vierjährigen Neffen Jonas und seine zweijährige Schwester Josefine. Um den Kaffeetisch zu erreichen, musste ich die beiden an meiner nagelneuen Stoffhose mit zerren. Wie gut, dass Hugo so stabile Hosen schneidern ließ.

„Jonas, Fine, lasst Onkel Marten los, hört ihr!" Mein Schwager gab mir schwungvoll die Hand, ließ sie aber ziemlich schnell wieder los.

Er war zwar immer nett und höflich zu mir, aber er erweckte regelmäßig den Eindruck, als hätte ich eine besonders ansteckende Krankheit, dabei war ich einfach nur schwul. Aber Thomas war vor vier Jahren der Einzige gewesen, der mit meinem Outing am Weihnachtsfest nicht viel anfangen konnte. Zugegeben, meine Eltern waren auch nicht gerade begeistert gewesen, aber ich glaube, mittlerweile haben sie sich damit abgefunden. Julia, eine sehr gute Freundin und ehemalige Kommilitonin von mir, sah das glücklicherweise etwas lockerer. Die Glückliche war mittlerweile mit einem Polizisten verheiratet und hatte das Volk um vier weitere Menschen bereichert. Übrigens bezaubernde Kinder. Als ich ihr verkündete, dass ich eigentlich mehr auf Männer stand, hatte sie kurz geschluckt, ihr Bedauern ausgesprochen und mir versichert, dass sei doch besser, als drogenabhängig oder kriminell zu sein. Nun gut, so konnte man die Sache natürlich auch betrachten.

„Junge, zieh doch deine Jacke aus. Ist doch viel zu warm hier." Meine Mutter zerrte an meiner Jacke und machte Anstalten, mir beim Ausziehen zu helfen.

„Mama! Danke, aber ich kann mich schon alleine ausziehen. Würdest du bitte aufhören, an mir herumzuziehen!"

Gerlinde Kruse, geborene Meienreich, von mir allerdings Mama genannt, stand mit hängenden Schultern vor mir und sah mir beim Ausziehen zu. Sie stand so verloren da, dass ich sie kurz umarmte und dann meiner Schwester in die Küche folgte. Unterwegs hängte ich meine Jacke an die Garderobe.

„So, Marten, nun schieß aber mal los! Du hast doch bestimmt jemanden kennengelernt. Das sehe ich dir an der Nasenspitze an." Meine Schwester blickte mir prüfend in die Augen. Ich grinste verlegen und stibitzte mir einen Kuchenkrümel von der Kuchenplatte.

„Ach, nö! Wie kommst du denn darauf?"

„Du hast dann so ein ganz bestimmtes Glitzern in den Augen. Ich kenne das. Es kommt mir vor, als sei ich in meinem vorherigen Leben frisch verliebt gewesen, dabei bin ich erst acht Jahre mit Thomas zusammen." Katja zuckte mit den Schultern und bediente sich ebenfalls von dem Kuchen.

„Was soll das nun wieder heißen? Ich dachte, alte Liebe rostet nicht. Du kennst doch Thomas schon seit der Schule."

„Das ist es ja! Wir kennen uns schon aus Kindertagen. Ich hätte so gerne mal eine aufregende Abwechslung."

„Warum probierst du dann nicht mal 'ne Frau aus? Ich habe gehört, das ist der neueste Kick." Unverschämt griente ich meine Schwester an.

Entsetzt erwiderte sie meinen Blick. „Na also, ich weiß nicht, Marten. Ich glaube, ich bin anders gestrickt als du. Ich dachte eigentlich auch eher an irgendeinen rassigen Italiener oder von mir aus auch einen Griechen."

„Du würdest niemals fremdgehen, Schwesterchen."

„Stimmt!", lachte Katja auf, „aber vorstellen kann ich es mir. Gedanklicher Ehebruch ist ja zum Glück nicht strafbar."

„Praktizierter auch nicht. Das solltest du als Anwältin eigentlich wissen."

„Weiß ich auch." Spielerisch kniff mir meine Schwester in die Wange.

Ich verdrehte die Augen. Das hatte sie früher immer schon gemacht und mich damit in den Wahnsinn getrieben.

„Ach, sieh mal einer an. Guck mal, die haben den Kinderschänder von letzter Woche gekriegt." Meine Schwester zeigte erstaunt auf den kleinen Küchenfernseher, den meine Mutter sich vor zwei Jahren zu Weihnachten gewünscht hatte, weil sie immer so viel in der Küche zu tun hatte und Ablenkung brauchte. Aber das war doch …

„Nico!“, rief ich überrascht aus und stürmte zum Bildschirm, um meinen Schwarm besser sehen zu können. Er war es tatsächlich. Zusammen mit seinem Kollegen, einem bulligen Riesen, führte er eine männliche Gestalt ab, die einen schwarzen Kapuzenpulli über den Kopf und das Gesicht gezogen hatte.

„So ein feiges Schwein!“, schimpfte Katja und stemmte sich entrüstet die Hände in die Hüften. „Erst vergreift er sich an dem Jungen und bringt ihn um und dann versteckt er sich vor den Kameras. Den sollten sie auf den Marktplatz stellen und ich wette mit dir, da gibt es einige, die gerne den ersten Stein werfen.“

„Katja!“ Meine Mutter hatte die Küche betreten und Katjas letzte Worte mitbekommen. „Wie redest du denn, Kind?“

„Ach Mama! Du würdest genauso denken, wenn eines deiner Kinder oder Enkelkinder betroffen wäre …“

„Wieso, wovon redet ihr?“ Gerlinde Kruse schnappte sich die frisch geschlagene Sahne von der Arbeitsplatte und ließ einen großen Löffel in die Schüssel gleiten.

„Von dem Kinderschänder aus Bremen, Mama“, antwortete ich.

„Ja, das ist wirklich eine schlimme Sache. Aber heute wollen wir uns nicht mit solchen Geschichten belasten. Katja, du hast Geburtstag, deine Tanten und Onkel warten im Wohnzimmer auf den Kuchen, kommt also mit und lasst uns etwas feiern.“ Entschlossen schob meine Mutter ihre Tochter nach draußen.

Widerwillig löste ich mich vom Fernseher und trabte hinterher. Ich ließ die blöden Sprüche meiner beiden Tanten und Onkel über mich ergehen und lächelte stumm. Dann setzte ich mich zwischen Jonas und Fine an den gedeckten Kaffeetisch.

„So, Marten. Du bist jetzt also Staatsanwalt“, fing Onkel Gerd an und strich sich über seinen dicken Bauch.

Seine Frau Gertrud schlug ihm gegen den Oberarm. „Ach, Gerd! Das weißt du doch…"

„Ja, ja …aber irgendwie muss ich doch anfangen, oder?"

Grimmig wandte sich Gerd von seiner Frau ab. „Und wie siehst du die Sache mit dem Kinderschänder? Diese ganzen schwulen Säcke …"

„Also, Gerd, wirklich!", unterbrach ihn seine Frau erneut.

Unwirsch schob Gerd die Hand seiner Gattin beiseite. „Nee, lass nur! Diese Schwuchteln sind doch alle gleich! Sie vergreifen sich an kleinen Kindern und als wäre das nicht schon schlimm genug, bringen sie sie anschließend auch noch um." Gerd nahm seine Serviette und wischte sich den Schweiß von der Stirn. Er war so aufgebracht, dass er innerhalb seiner kurzen Ansprache hochrot und patschnass geschwitzt war. „Also, Junge! Was sagst du dazu?"

Ich hatte gerade von meinem Marmorkuchen abgebissen und versuchte, mit gequältem Gesichtsausdruck, den trockenen Bissen hinunter zu schlucken.

Mitleidig reichte meine Mutter mir die Sahne, die ich dankend auf den Teller klatschte. Damit Onkel Gerd nicht glaubte, ich wolle mich vor einer Antwort drücken, fuchtelte ich schon mal geschäftig mit den Händen in der Luft herum und warf dabei Fines Saftglas um.

Meine Mutter sprang nervös auf und flitzte in die Küche. Sie kam mit ein paar Küchentüchern beladen zurück und entfernte die Schweinerei.

Meine Eltern, Katja und ihr Mann Thomas wussten natürlich, dass ich auch zu den eben so betitelten Schwuchteln gehörte und die Luft war so zum Zerreißen gespannt, dass ich aufstand und das Fenster öffnete, bevor ich zu einer Antwort ansetzte.

„Onkel Gerd", begann ich und holte erst einmal tief Luft, „zuerst einmal sind Schwule nicht gleichbedeutend mit Pädophilen. Ich kenne keinen einzigen Mann, der auf Kinder steht und zweitens …"

„Ja, Marten", unterbrach mich nun Tante Klarissa, die Schwester meines Vaters, „was kennst du denn für Männer?

Etwa ... diese ... diese ... Schw... na ja, ihr wisst schon, was ich meine...Ich meine, in deiner Position als Staatsanwalt!"

Alle starrten mich an, als wäre ich nackt zum Kaffeetrinken erschienen. Unsicher schaute ich zu meiner Mutter. Ich glaube kaum, dass es ihr recht wäre, wenn ich ausgerechnet jetzt beichtete, dass ich selbst schwul war.

„Ich sage nur Wowereit und Ole von Beust. Beides schwule Männer in gehobenen Positionen, sie sind immerhin Bürgermeister von Großstädten", warf meine Schwester ein.

„Mama, was ist schwul?" Mit großen Kinderaugen sah Jonas meine Schwester an und zog an ihrer Hand.

Katja öffnete den Mund, um ihm zu antworten, aber es kam nichts heraus. Ich fühlte mich gerade wie ein Außerirdischer mit einer ganz besonders seltenen Krankheit. Nur statt in der Mondklinik war ich auf dem falschen Planeten gelandet. Ich meine, wir schrieben das Jahr 2008, Homosexualität war gesellschaftlich anerkannt, oder etwa nicht? Na gut, wenn ich ehrlich war, konnte man sich seit den Siebzigern zwar mit einem anderen Mann an der Hand auf die Straße trauen, ohne ausgepeitscht zu werden, aber wirklich anerkannt war Homosexualität nicht. Mein Onkel gab das beste Beispiel ab.

„Also, was ist, Marten?", hakte nun Georg, Klarissas Mann, nach.

„Nun lasst doch mal den Jungen in Ruhe", schimpfte meine Mutter und fummelte nervös an ihrer Kaffeetasse herum.

„Ist schon gut, Mama", versuchte ich sie zu beruhigen. „In meinem Beruf kenne ich natürlich alle möglichen Leute, auch Schwule und Lesben. In Hamburg ist das nichts Außergewöhnliches! Homosexualität ist kein Verbrechen, der Missbrauch von Kindern schon. Das sind zwei ganz unterschiedliche Dinge, Onkel Gerd! Es gibt sogar Gerüchte, dass die Hamburger Polizei überflutet ist mit homosexuellen Beamten."

„Also nee, echt, Marten! Was erzählst du da für einen Quatsch. Das lass niemanden hören. Das könnte dich sonst deinen Job kosten." Onkel Georg griff stirnrunzelnd nach seiner Kaffeetasse. Vielleicht war es besser, das Thema zu wechseln.

Doch Jonas zog noch immer am Ärmel seiner Mama. „Mama!"

Thomas räusperte sich. „Jonas, das ist Erwachsenenkram und du bist jetzt still und isst deine Kekse."

Dankbar lächelte Katja ihn an.

„Soll der Junge etwa blöd sterben? Sagt im ruhig, dass es so abartige Gesellen unter den Menschen gibt, dir ihr Ding in den Po von ihren Artgenossen stecken." Onkel Gerd griff nach seiner Serviette und schnäuzte sich damit die Nase. Entsetzt reichte Gerlinde ihm ein Taschentuch. Das steckte er nickend in seine graue Stoffhose, ohne es zu benutzen. Es herrschte Totenstille im Raum.

„Was sind Artgenossen, Papa?", fragte Jonas weiter.

„Menschen, mein Schatz." Liebevoll strich Thomas über den Kopf seines Sohnes.

„Und welches Ding stecken sie in den Po?"

Ich erhob mich mit hochrotem Kopf und verließ den Raum. Ich wusste ja, dass meine Familie recht verstaubt war, aber einen solchen Gesprächsverlauf hatte ich nicht erwartet. Ich lief die Treppe hinauf in mein Zimmer und holte Katjas Geschenk aus der Reisetasche. Es war ein antiquarischer Kommentar für Strafrecht, den sie schon seit Jahren suchte. Ich hatte ihn irgendwann beim Stöbern in der Grindelallee an der Uni gefunden und gleich zugeschlagen. Langsam schlich ich die Treppe wieder hinunter und betrat das Wohnzimmer. Meine Mutter füllte gerade jedem ein Stück Geburtstagstorte auf den Teller und setzte sich wieder neben meinen Vater.

„Ah, da bist du ja, Junge! Musstest wohl mal für echte Männer, was?", tönte Onkel Georg und schlug sich lachend auf die dicken Schenkel.

Ich lächelte ihn an und unterdrückte meinen inneren Impuls, ihn mit ein paar schwulen Handbewegungen zu überraschen und zu offenbaren, dass auch ich zu den Aussätzigen gehörte. Stattdessen ging ich zu Katja und legte ihr das Geschenk auf den Schoß. Dankbar nahm sie es und packte es aus. Als sie es erkannte, sprang sie überrascht auf und fiel mir um den Hals.

„Oh, Bruderherz! Wo hast du den denn gefunden? Wahnsinn! Seit Jahren suche ich schon nach diesem Kommentar.“

Ich schmunzelte, stolz über meinen Fund und trank meinen Kaffee aus. Sofort war das Gespräch wieder im Gange. Meine Mutter bemühte sich, allgemeine Themen wie Kinder, Kindergarten, Schulbildung, Blumen, Altersversorgung und ähnliches in die Runde zu werfen, und so entkam ich weiteren peinlichen Fragen und Äußerungen meiner Verwandten.

Nach dem Abendessen verabschiedeten sie sich und ich konnte mich aufatmend zurücklehnen. Katja brachte die Kinder ins Bett und kam eine halbe Stunde später wieder hinunter. Wir öffneten zwei Flaschen von dem Rotwein, den ich mitgebracht hatte und genossen die Ruhe. Meine Mutter werkelte in der Küche herum und mein Vater holte sich seine Flasche Bier aus dem Keller. Thomas leistete ihm Gesellschaft, denn ein ganzer Kerl trank natürlich Bier und keinen Wein. Egal, was ich tat, er machte es anders. Wahrscheinlich hatte er Angst, meine sexuellen Neigungen könnten sonst auf ihn überspringen. Alles in allem war der Abend aber sehr entspannt.

*

Am Samstag fuhren wir an die Nordseeküste und ließen uns den Wind um die Nase wehen. Ich sammelte mit meinem Neffen und meiner Nichte schöne Muscheln und Steine und dachte immer wieder an Nico. Ich hatte mir überlegt, ihn nach einer Probefahrt in seiner Nachtschicht zu fragen. Das war unverfänglich und vielleicht eine Möglichkeit, um mit ihm ins Gespräch zu kommen.

*

Es war Donnerstagmorgen, acht Uhr dreißig. Ich betrat das Gerichtsgebäude und sah Nico bereits im Flur stehen und warten. Er trug wieder seine Uniform und sah einfach umwerfend aus. Neben ihm stand sein Kollege. Ich grüßte die beiden und betrat den Gerichtssaal. Richter Gotthard war schon da und quatschte gerade mit der Gerichtsschreiberin. Ich packte meine Tasche auf den Tisch und zog mir die schwarze Robe über. Meine Hände zitterten ein wenig, ich war wahnsinnig nervös. Sollte ich ihn wirklich ansprechen? Ach, Mensch, Marten, deine Frage ist dermaßen unverfänglich, dass gar nichts passieren konnte. Jetzt oder nie.

Ich lief wieder auf den Flur hinaus und sah Nico alleine dort stehen. Sein Kollege war offenbar mal austreten.

„Hallo!" Unsicher näherte ich mich ihm. Er blickte auf und grüßte zurück.

„Moin, moin!"

„Ich wollte mal fragen, ob ich nicht mal bei ein paar Einsätzen dabei sein kann. Vielleicht in einer Nachtschicht?"

Nico, also Polizeimeister Krohninger, sah mich verwundert an. Er musste mich wirklich für verrückt halten. Ein Staatsanwalt, der Streife fahren wollte.

„Oh … ähm … soweit ich weiß, ist das gar kein Problem. Sie können zum Beispiel morgen Nacht mitfahren. Fragen Sie einfach bei der Dienststelle nach. Davidswache, PK 15. Ich bin sicher, dass das geht."

Ich nickte zufrieden. „Super, dann rufe ich gleich heute an."

Sein Kollege tauchte auf. Mein Mut, das Gespräch fortzusetzen, flitzte um die Ecke und ließ mich schmählich stehen. Also bedankte ich mich und ging wieder in den Gerichtssaal zurück. Das war ja gar nicht so schlecht gelaufen, aber ich hätte mich gerne länger mit ihm unterhalten.

Zehn Minuten später war die Verhandlung wieder voll im Gange und ich konnte meinen Zeugen aufrufen.

„Ich rufe Polizeimeister Nico Krohninger in den Zeugenstand."

Die Gerichtsschreiberin sprach durch ein kleines Mikrofon und innerhalb der nächsten Sekunden wurde die Tür geöffnet. Ein Windstoß fegte meine Blätter vom Tisch, so dass ich das Hereinkommen von Nico nur mit halber Aufmerksamkeit beobachten konnte. Während ich unter dem Tisch meine Papiere einsammelte, sah ich, wie er in seiner maßgeschneiderten, dunkelblauen Uniform auf einem der beiden Stühle in der Mitte des Raumes Platz nahm. Er trug schwarze Schnürschuhe, die auf Hochglanz poliert waren. Als ich wieder auftauchte, war ich puterrot angelaufen und musste erst einmal meine Gedanken sortieren und die weiße Krawatte zurechtrücken. Vorsorglich hatte ich mir ein paar Fragen notiert, die ich beiden Polizisten stellen wollte. Ich wühlte zwischen den losen Blättern herum, bis ich meine Notizen endlich gefunden hatte. Nico sah mich dabei die ganze Zeit aufmerksam an. Gott, sein Blick ging mir durch und durch. Ich musste mich wirklich anstrengen, um mich zu konzentrieren.

„Also, … Ni … ähm“, ich hustete leicht, um meinen Versprecher zu vertuschen, „Herr Krohninger, bitte schildern Sie den Tathergang aus Ihrer Sicht. Laut Ihrer polizeilichen Aussage … also, ich meinte, laut Ihres Polizeiberichts, waren Sie und Ihr Kollege zufällig am Tatort anwesend. Ist das richtig?“

Nico nickte und begann zu erzählen. Alles, was er mir zu dem Raubüberfall sagen konnte, war kaum aussagekräftig. Er hatte den Täter nicht bei der Tatausführung gesehen, sondern erst hinterher. Ich stöhnte. Ich konnte seine Aussage kaum verwerten. Als er geendet hatte, sah mich Richter Gotthardt fragend an. Ich überflog meinen Zettel, doch meine Fragen waren alle schon beantwortet, stellte ich mit großem Bedauern fest.

„Ich habe keine weiteren Fragen an den Zeugen.“

Richter Gotthardt drehte seinen Kopf zur linken Seite. „Herr Verteidiger! Haben Sie noch Fragen an den Zeugen?“

Mein unsympathischer Anwaltskollege strich sich über den dicken Bierbauch und schüttelte den Kopf.

„Gut, Herr Krohninger, dann sind Sie entlassen. Vielen

Dank für Ihre Aussage.“ Richter Gotthardt nickte Nico zu, der sich daraufhin mit einem kurzen Seitenblick auf mich erhob und den Gerichtssaal verließ.

Mir wurde das Herz ganz schwer. Jetzt konnte ich nur hoffen, dass er morgen Nacht auch auf der Wache war und ich mit ihm Streife fahren konnte.

*

Alles in allem war es ein frustrierender Donnerstag. Ich hatte Nico nur ganze zwanzig Minuten bewundern können und Richter Gotthardt sprach den Angeklagten frei, obwohl ich fünf Monate auf Bewährung gefordert hatte. Und wieder lief ein potentieller Räuber draußen herum. Manchmal machte mir mein Job wirklich keinen Spaß. Auf dem Nachhauseweg klingelte mein Handy. Eigentlich mochte ich diese modernen Dinger gar nicht, aber vor wenigen Monaten hatte ich das Gefühl, dass es an der Zeit war, mir ebenfalls eines anschaffen zu müssen, um erreichbar zu sein. Mittlerweile machte es mir sogar Spaß und ich verschickte viele SMS Nachrichten.

„Jürgen! Hi, wie geht's dir?“

Jürgen war siebenundfünfzig, Richter und stockschwul. Er hatte noch nie mit einer Frau geschlafen, geschweige denn auch nur einen Gedanken daran verschwendet. Im Gegensatz zu mir. Ich konnte zumindest eine fast zweijährige Beziehung mit Miriam vorweisen. Allerdings machte mir die Zeit mir ihr ziemlich schnell deutlich, dass Frauen nicht zu meinen Vorlieben zählten.

„Marten, du hast hoffentlich nicht meine Geburtstagsfeier am Samstag vergessen. Ich habe ein paar Leute eingeladen. Du kommst doch, oder?“

„Klar, Jürgen. Soll ich etwas früher kommen und dir bei den Vorbereitungen helfen?“

„Das wäre echt super. Deine Freundin Julia hatte letztes Mal so ein wahnsinnig leckeres Rezept für eine Salatsoße. Vielleicht kannst du sie nochmal danach fragen?“

„Mache ich. Ich bin dann um sieben Uhr bei dir, okay?“

„Schön, ich freue mich, Marten.“

„Ja, ich mich auch. Bis Samstag.“

Den Rest der öden U-Bahnfahrt verbrachte ich mit einem Grinsen im Gesicht. Jürgen war mir im Laufe der letzten Jahre ein richtig guter Freund geworden. Sexuell waren wir uns nicht näher gekommen, er stand nur auf dunkelhaarige und ich war blond. Obwohl ich zwischendurch den Eindruck hatte, dass er was von mir wollte. Er war mittlerweile so eine Art Mentor für mich. Bevor ich ihn kannte, hatte ich kaum Kontakt zu Homosexuellen. Klar, so hier und da traf ich mal einen Gleichgesinnten, aber ich bin nie richtig in die Szene eingetaucht. Und ehrlich gesagt, zähle ich mich doch eher zu den *Männern* unter den Schwulen und nicht zu den tuffigen Damen. Jürgen dagegen stand total auf Männer, die eigentlich mehr an affektierte Frauen erinnerten.

*

Am Samstagmorgen kam ich völlig gerädert von meiner ersten Nachschicht am PK 15 in St. Pauli. Herr im Himmel, wie steht man solche Nächte bloß durch, fragte ich mich. Ich hatte einen vierundzwanzig-Stunden-Tag hinter mir und konnte kaum noch die Augen offenhalten. Ich verschlief den ganzen Samstag und quälte mich am Abend um achtzehn Uhr aus dem Bett. Nach einer kurzen Dusche fühlte ich mich gleich wieder etwas menschlicher und rief noch schnell bei Julia an. Bereits beim zweiten Klingeln war sie dran. Wie gut war es doch, eine Freundin zu haben, die das Haus voller Kinder hatte. So konnte man sich sicher sein, dass sie zur Abendbrotzeit zu Hause erreichbar war, um die kleinen Monster abzufüttern.

„Hey Marten, was gibt’s? Was verschlägt dich am Samstagabend ans Telefon? Ich gehöre doch gar nicht zu deiner Zielgruppe."

Julia lachte. Im Hintergrund hörte ich das Quieken von Marie, ihrer einjährigen Tochter. Sie liebte es zu telefonieren und wurde wahnsinnig, wenn sie den Hörer nicht bekam.

„Hallo Julia!" Weiter kam ich nicht. Der Hörer wurde weitergereicht.

„Du bist jetzt auf Lautsprecher, Marten! Marie will ‚hallo' sagen ...Sag mal *hallo*, Schätzchen!"

Außer einem leisen „Öh ... öh ..." war nichts zu hören.

„Mama, wer ist das?" Das musste Niko sein, ihr ältester Sohn

„Das ist Marten, Niko. Aber nun wollen wir seine Zeit nicht unnötig strapazieren. Marten hat sicherlich einen Grund, warum er am heiligen Singlesamstag anruft."

„Was ist ein heiliger Singlesamstag, Mama?", ertönte es aus einer anderen Ecke des Zimmers.

Toll, das war genau das, was ich von meiner verheirateten, vierfachen Mutter-Freundin hören wollte. Ich räusperte mich.

„Kannst du mich hören, Julia? Ich brauche das leckere Tomatenrezept von dir. Den Salat, den du letztes Mal gemacht hast. Weißt du, welches ich meine?"

„Klar, weiß ich das, Marten. Hast du was zum Schreiben?"

Stift und Papier hatte ich mir bereits zurechtgelegt und schrieb eilig mit, was Julia diktierte. Sie war wirklich eine hervorragende Köchin und hatte so gut wie alle Rezepte im Kopf. Nicht, dass sie das Hausmütterchen schlechthin war, im Gegenteil, ich kannte Julia aus dem Jurastudium und da paukten wir noch zusammen Definitionen und Prüfungsschemata. Mir war zwar immer ein Rätsel gewesen, wie sie das Lernen neben dem Windelwechseln noch geschafft hatte, aber irgendwie war das für sie nie ein Problem gewesen.

Nachdem wir das Gespräch beendet hatten – Marie hatte mir das halbe Ohr abgeschrien, als Julia den Hörer weggenommen hatte – nahm ich meine Tasche und eilte aus meiner Zwei-Zimmer-Wohnung.

Jürgen wohnte nur zwei S-Bahnstationen weiter. Fünfzehn Minuten später begrüßten wir uns mit einer kurzen Umarmung und gingen in seine hochmoderne Küche. Eines musste man Jürgen lassen, er hatte wirklich Geschmack, zumindest was seine Einrichtung betraf. Was Männer anbelangte, kamen wir uns nicht in die Quere.

„Hast du das Rezept von der Vinaigrette mitgebracht, Marten?" Jürgen zog einen seiner Apothekerschränke hervor und holte eine große Salatschüssel heraus.

„Klar, ich hoffe, du hast alles im Haus. Du brauchst Olivenöl und diesen leckeren französischen Dijonsenf. Hast du den da?"

Jürgen nahm mir den Zettel ab und runzelte die Stirn. Dann ging er zum Kühlschrank und wühlte darin herum. Triumphierend hielt er ein kleines Gläschen mit schwarzem Deckel in die Höhe. „Meinst du das hier?"

Ich nickte. Es stand zumindest Dijonnaise drauf.

Schnell rührte Jürgen alles zusammen, was ich notiert hatte. „Sei so lieb und schneide die Kartoffeln in zwei Hälften. Dann träufelst du etwas Öl und Kräutersalz drauf. Alles muss auf den beiden Backblechen verteilt werden und bei hundertsiebzig Grad in den Ofen."

Schweigend standen wir in der Küche und bereiteten Jürgens kleine Geburtstagsfeier vor.

Als wir fertig waren, überreichte ich Jürgen mein Geschenk – ein Buch über Homosexualität im Mittelalter mit selbstgemachtem Ledereinband, damit niemand in der Bahn erkennen konnte, was Jürgen auf dem Weg zu Arbeit las – worüber er sich riesig freute.

Nach und nach trudelten auch die übrigen Gäste ein. Es kam nicht eine einzige Frau, dennoch hatte ich das Gefühl, es war keine Party für Männer. Wie ich bereits erwähnt habe, stand Jürgen eher auf tuffige Homos und kostete das seit seinem Coming-out vor ein paar Jahren auch ordentlich aus. Unter seinen Gästen war wirklich alles vertreten. Kurze Haare, lange Haare, Locken oder Glatze; lilafarbene Hemden, rosafarbene

Hosen oder gar kurze Miniröcke. Als Klaus die Wohnung betrat, musste ich schmunzeln und drehte mich weg. Klaus war Jürgens ältester Freund und ebenfalls Richter. Sie hatten sich vor vierzig Jahren beim Studium kennengelernt und nie aus den Augen verloren. Er hatte wunderschöne silbergraue Haare und einen kurzen Vollbart. Mit seinen braunen Augen sah er aus wie Sean Connery – allerdings die schwule Variante. Er trug eine türkisfarbene, enge Lederhose, ein königsblaues Hemd mit rosafarbenen Blümchen und eine orangefarbene Federstola. Sein quietschkanariengelber Cowboyhut baumelte bereits an einem Garderobenhaken. Er verschwand gleich nach seiner Ankunft im Gäste-WC und kam zehn Minuten später wieder heraus – komplett geschminkt. Er sah aus, als wäre er in die Schminkpalette einer Visagistin gefallen und grinste dabei bis über beide Ohren. Er bemerkte, dass ich meinen Mund bei seinem Anblick nicht mehr zubekam.

„Hallo Marten", flötete er.

Ich nickte nur. Ich konnte nicht sprechen. Nicht ein Ton verließ meine ungeschminkten Lippen. Mir fiel kein deutsches Wort mehr ein. Gab es so etwas wie eine Schock-Amnesie? Wenn ja, dann litt ich daran. Ich brauchte erst einmal was Hartes, also zu trinken, meine ich.

Kurt kam in den Flur und bot mir einen Cocktail an. „Sex on the Beach, Marten. Der wird dir die Schuhe ausziehen … und hoffentlich noch etwas mehr." Vielsagend reichte er mir ein Glas.

Ich lächelte ihn etwas unsicher an und stürzte seinen Cocktail in einem Zug runter.

„Mann, Junge! Du gehst ja ran heute … Die Dinger sind was zum Genießen. G-E-N-I-E-S-S-E-N!"

Ich nickte und verschwand mit dem leeren Glas im Wohnzimmer. Ah, der Alkoholanteil war hoch genug. Super. So langsam entspannte ich mich. Ich mochte Jürgen wirklich gerne, aber seine Partys waren doch immer wieder eine einzige Überraschung für mich. Ich meine, zu seinen Gästen zählten Richter, Polizeiräte, Anwälte und Politiker. Alles Personen, die täglich in der Öffentlichkeit standen und verantwortungsvolle Aufgaben hatten. Dennoch hatte man auf Jürgens Partys das Gefühl, kleine ungezogene Jungs im Faschingsrausch vor sich zu haben, an denen allesamt eine Frau verloren gegangen war. Gott, war ich der einzige *Mann* hier in diesem Laden? Ich musste unbedingt noch so einen Sex-Cocktail haben. Nüchtern konnte ich den Haufen nicht ertragen, zumindest nicht, ohne mich schlapp zu lachen. Nicht, dass ich kein Verständnis für meine gleichgesinnten Mitbürger hatte, aber ich stand einfach auf bodenständige, normale – schwule – Männer. Nichtsdestotrotz war der Abend nach fünf Cocktails ein gelungener. Ich unterhielt mich hervorragend, tanzte ein bisschen, aß mich durch die leckeren Fingerfoods, die ich mit Jürgen vorbereitet hatte, und landete schließlich nach Mitternacht in meinem Bett. Allein. Gott sei Dank.

*

Sechs Tage später lief ich mit Sabrinchen, meiner Kollegin von der Jugendabteilung, zur Bahn. Sie war ziemlich geknickt, da ihr Freund – so ein Schwein – sie mit ihrer besten Freundin betrogen hatte. Diese Heteros waren doch immer dieselben. Hatten 'ne attraktive Frau an ihrer Seite und pimperten mit deren Freundin herum. Die wussten einfach nicht, wie schwer es sein kann, jemanden kennenzulernen. War ja auch kein Wunder! Die mussten einfach nur gucken, Mensch, ja, Brüste, gut, ist was zum Poppen. Meine Spezies dagegen konnte sich nicht nach Äußerlichkeiten richten. Männer hatten keine Brüste, sollten sie zumindest nicht, und bei einem Mann zu erkennen, dass er aufs gleiche Geschlecht stand, war unglaublich schwierig. Zumindest bei den Normalos.

Als wir an die große Kreuzung kamen, kurz vor dem Bahnhof, stand er plötzlich vor uns. Neben ihm stand eine junge Frau, die irgendwie zu ihm zu gehören schien. Ich war gar nicht darauf vorbereitet, Nico zu treffen. Sabrina redete ununterbrochen auf mich ein, während ich mir einen vernünftigen Satz zurechtzulegen versuchte, um ihn anzusprechen. Das war gar nicht so einfach, denn wenn eine Frau erst mal in ihrem Redeschwall gefangen war, gab es kein Bremsen mehr. Wie ein Schnellzug, der unaufhaltsam auf sein Ziel zurollte. Wollte man ihn vorher stoppen, führte das zu Entgleisungen. Ich ließ sie also reden und nickte nur hin und wieder. Die Ampel wurde grün und wir überquerten die Straße. Oh Mann, Nico sah wieder so gut aus in seiner Uniform. Fast wie ein italienischer Pizzabäcker – in blau. Er bemerkte mich gar nicht und so schlich ich mit klopfendem Herzen an ihm vorbei in die Bahnhofshalle, während Sabrina unaufhaltsam redete. Als ich mich umdrehte, stellte ich fest, dass er uns gefolgt war und auf dem gleichen Gleis stand wie wir. Er lehnte lässig am Bonbonautomaten und starrte Löcher in die Luft. Attraktive Löcher natürlich. In einigem Abstand stand die junge, blonde Frau und wartete ebenfalls auf den Zug. Ich quatschte weiter mit Sabrina, versuchte sie mit ein paar bissigen Bemerkungen und Scherzen aufzumuntern und schaute dabei immer wieder in seine Richtung. Sabrina folgte meinem Blick.

„Guckst du die Frau oder den Mann an?"

Ich löste mich von seinem Anblick und grinste.

Sabrina verstand sofort. „Das dachte ich mir schon. So tolle Männer wie du sind halt entweder vergeben oder schwul." Sabrina nahm sich ein Taschentuch und schnäuzte sich die Nase. „Wenn du mich fragst, er ist ziemlich attraktiv. Sieht aus wie so ein italienischer Schürzenjäger."

Ich zog erstaunt die Augenbrauen hoch. „Wie ein bodenständiger, treuer, italienischer Schürzenjäger, wenn überhaupt", erwiderte ich, um Nico gleich wieder ins rechte Licht zu rücken.

„Selbstverständlich", lachte Sabrina.

„Achtung! Achtung! Eine Durchsage! Der Zug nach Bergedorf fährt von Gleis Zwei. Ich wiederhole. Der Zug nach Bergedorf fährt von Gleis Zwei."

Stöhnend setzten Sabrina und ich uns in Gang. Wir mussten uns beeilen, denn der Zug sollte in zwei Minuten fahren und wir mussten erst noch zum Nachbargleis laufen. Vor uns standen die Massen, die alle in den gleichen Zug wollten. Drei Eingänge waren so verstopft, dass Sabrina und ich beschlossen, weiterzulaufen. Nico schien die gleiche Idee zu haben, denn plötzlich stieg er direkt hinter mir in die Bahn. Die Türen wurden geschlossen und ich drehte mich um.

„Moin!“, begrüßte ich ihn und schmolz beim Anblick seiner grünen Augen dahin.

„Moin“, erwiderte Nico und zog seine rechte Augenbraue hoch. Gott, war der süß!

„Staatsanwaltschaft?“, fragte er leise. Ich nickte verlegen.

„Genau. Schön, dich zu sehen.“ Ich beschloss, ihn einfach zu duzen. Nicos weibliche Begleitung stand hinter ihm und schaute gelangweilt aus dem Fenster.

„Was ist denn eigentlich aus dem Fall geworden, bei dem ich ausgesagt habe?“

Ich winkte ab. „Freispruch. Leider. Die Indizien haben für eine Verurteilung nicht ausgereicht.“

„Tja, meine Aussage wolltest du ja auch nicht verwerten“, warf mir Nico mit leicht schmollender Lippe vor.

Ich zuckte mit den Schultern. „Nicht, weil ich nicht wollte. Ich konnte nicht. Deine Aussage war nicht stichhaltig genug. Wir haben in Deutschland nun einmal den Grundsatz in dubio pro reo, im Zweifel für den Angeklagten.“

Nico lehnte sich gegen die Glasscheibe. „Ja, leider. Manchmal ist das ganz schön frustrierend, wenn du die Typen in der einen Woche schnappst, es kommt zur Gerichtsverhandlung und ein paar Wochen später steht der gleiche Typ wieder auf dem Revier. Einmal Kundschaft, immer Kundschaft.“

„Wem sagst du das … manchmal überlege ich, ob ich mich nicht für das Amt als Zivilrichter bewerben sollte. Nach zwei Jahren Strafrecht habe ich langsam keine Lust mehr.“

„Andererseits ist unsere Arbeit doch auch manchmal von Erfolg gekrönt. Einige werden für immer weggesperrt und andere wiederum sieht man tatsächlich nur einmal. Vor allem bei Jugendlichen, die ihre Tat nur als Ausrutscher begangen haben.“

„Stimmt. Was machst du denn sonst so, wenn du keine Verbrecher fängst?", fragte ich neugierig. So langsam musste ich mich ja mal an sein Privatleben herantasten.

„Am Freitag fahre ich zu meiner Familie nach Versmold."

Versmold, wo lag das denn? Ich musste unbedingt in meinen Deutschlandatlas gucken. Okay, am besten gehe ich jetzt zum Angriff rüber. Jetzt oder nie.

„Hast du Lust, mit mir mal ein Bier trinken zu gehen?" Zitternd wartete ich die Antwort ab. Die ließ glücklicherweise auch gar nicht lange auf sich warten.

„Natürlich hab ich das. Super Idee!"

Gott, wenn das kein Zeichen war. Ich glaubte an Zeichen, unbedingt. Bevor seine Haltestation kam, reichte ich ihm wortlos mein Handy. Er wählte seine Nummer, ließ einen leisen Klingelton ertönen und gab mir das Handy wieder zurück. Ich speicherte schnell seine Nummer und steckte mein heiliges Gerät wieder ein. So schnell stieg ein Mobiltelefon in seinem Ansehen!

Nico zog sich seine Jacke aus, ihm war warm geworden – was für ein Wunder, bei meiner Anwesenheit! – und zum Vorschein kam das Hamburger Wappen auf seinem dunkelblauen Pullover. Die Frau hinter ihm hatte sich ebenfalls während unseres Gespräches die dicke Jacke ausgezogen und trug den gleichen Pulli wie er. Okay, die beiden waren Kollegen. Kein Wunder, dass sie am Bahnhof zusammen gestanden hatten.

„Ich muss gleich aussteigen", teilte mir Nico mit einem verlegenen Lächeln mit.

„Ich melde mich dann wegen des Bieres", erwiderte ich grinsend.

Die Bahn hielt an und Nico stellte sich neben seine Kollegin an die Tür. Er drehte sich noch einmal um und zwinkerte mir zu.

„Ich würde mich freuen, wenn du dich überhaupt meldest."

Mir blieb das Herz fast stehen. Wenn das organisch möglich wäre, würde ich sagen, es ist mir in die Magengrube gerutscht. Als sich die Tür hinter Nico schloss, drehte ich mich zu Sabrina um, die ich total vergessen hatte. Sie war offenbar nicht nachtragend und strahlte bis über beide Ohren. Hatte ich ein mega knisterndes Gespräch gehabt oder sie? Versteh einer die Frauen.

*

„Wir könnten auch unsere Namen behalten. Wo ist das Problem?“

„Das Problem ist ... ist ... ach, weiß ich auch nicht. Mit einer Hochzeit verbinde ich nicht nur eine große, pompöse Feier, Torte und besoffene Gäste, sondern auch ein bisschen Gemeinsamkeit. Und dazu gehören nicht nur hübsche Ringe, die zusammenpassen, sondern auch ein gemeinsamer Familienname.“

„Okay, dann nehmen wir meinen. Ich finde, mein Name ist wesentlich klangvoller als Kruse.“

Abwehrend hob ich die Arme. „Gut, du hast gewonnen, wir nehmen deinen Namen. Du hast zwar noch jede Menge Geschwister, die allesamt schon was für den Erhalt deines Familiennamens getan haben, aber ich muss insgeheim zugeben, dass sich dein Name wirklich besser anhört ...“

*

Drei Stunden später saß ich im Zug nach Kiel. Meine Cousine hatte Geburtstag. Natürlich traf ich auch meinen Onkel Gerd. Aber dieses Mal gab es keinen Schlagabtausch und die Feier verlief ohne große Vorkommnisse. Ich beschloss, noch bis Sonntag in Kiel zu bleiben und mit meiner Cousine einen Wellnesstag in einem der neuen Clubs zu verbringen. Wir zahlten dreißig Euro und ließen uns zu den Umkleidekabinen führen. Als erstes bestiegen wir die Fahrräder und strampelten, was das Zeug hielt. Nach zwanzig Minuten hatte ich allerdings keine Lust mehr. Als ich sah, dass ein schnuckeliger, sportlich gebauter Typ zum Fitnessraum marschierte, beschloss ich, die Sportart zu wechseln und ging zum Tanzen. Ich konnte zwar überhaupt nicht tanzen, aber ich musste dem Kursleiter nur alles nachmachen. Okay, ein paar der Schrittkombinationen hatte ich nicht hinbekommen, aber ansonsten war ich gar nicht so schlecht. Danach hatte ich genug Sport für den ganzen Monat gemacht und entschied mich für eine Ganzkörpermassage und anschließende Saunagänge. Für die nächsten dreißig Minuten war ich im siebten Massagehimmel, durch den mich der knackige Masseur brachte und ließ mich anschließend in der Sauna braten.

Kaum war ich mit dem letzten Saunagang durch und frisch geduscht, da zog mich eine männliche Hand in den Massageraum. Ich war dermaßen überrascht, dass ich mich mitschleifen ließ. Die Tür wurde hinter mir geschlossen. Vor mir stand niemand anderes als mein knackiger Masseur. Sein Oberkörper war freigelegt. Er grinste mich verführerisch an und zeigte dabei absolut süße Grübchen in den Wangen. Seine blauen Augen bildeten einen wunderschönen Kontrast zu seinen dunklen Haaren. Gott, mir schwante, was er von mir wollte. Er zog mich zu sich und ich atmete seinen Aftershavegeruch ein. Er roch einfach himmlisch männlich. Bevor ich etwas sagen konnte, neigte er den Kopf und biss mir sanft in den Hals. Eine Gänsehaut machte sich auf meinem Rücken breit. Mir wurde schwindelig und ich hielt mich an seiner Hüfte fest, um die er nur ein loses Handtuch geschlungen hatte. Seine Zähne und seine Zunge streiften über meinen Hals, während seine Hände langsam in meinen Bademantel schlüpften. Doch anstatt mein bestes Stück in die Hand zu nehmen, umkreiste er es nur sanft. Ich schloss die Augen und versuchte, ruhig zu bleiben, doch das Feuer schoss mir in die Lenden und ich musste mich stark zusammenreißen, nicht über ihn herzufallen. Plötzlich hatte er ein Kondom in der Hand und streifte ihn mir über. Dann drehte er sich um und bückte sich. Na, das war eine Einladung, der ich nicht widerstehen konnte. Ich meine, noch hatte ich Nico ja erst ein paar Mal gesehen. Da konnte man noch nicht vom Fremdgehen sprechen. Und dieser leicht behaarte, knackige Männerarsch war einfach zu verlockend. Ich überlegte nicht lange und drang in ihn ein. Das Handtuch rutschte ihm die Beine hinunter und landete auf den warmen Fliesen. Ich fickte diesen fremden, attraktiven Masseur und hatte nicht die geringste Ahnung, wie er überhaupt hieß. Das war eigentlich nicht meine Art.

Nachdem ich gekommen war, nahm er mich in die Arme und fing wieder an, meinen Hals zu küssen und sanft anzuknabbern. Er erregte mich schon wieder, doch dieses Mal wollte ich ihn spüren, riss mir den Bademantel vom Körper und drückte ihm jetzt ein Kondom in die Hand. Er drehte mich um und packte meine Hüften. Sanft strich er mir über den Rücken, dann stieß er seinen Schwanz in meine Öffnung. Gott, ich liebte dieses Gefühl. Es war, als würde mein Inneres vor Lust explodieren. Ich wünschte, er würde ewig so weitermachen, doch bereits nach wenigen Stößen hatte er sich nicht mehr unter Kontrolle und spritzte ab. Langsam richtete er mich auf und küsste meinen Rücken. Wir küssten uns noch kurz auf den Mund, dann verließ ich mit wackeligen Knien den Massageraum und legte mich leicht erschöpft in den Ruheraum.

Marlies, meine Cousine, gesellte sich zu mir und leise quatschten wir über dies und jenes. Nach einer halben Stunde Erholung ließ ich mir im Nachbarraum noch eine Gesichtsmaske auflegen und wusste, warum Frauen auf diese matschigen Kuren standen. Als neuer Mensch verließ ich den Fitnessclub und schwebte durch die Straßen.

Am Abend gingen Marlies und ich zum Italiener und bestellten uns eine Pizza. Beim Genuss dieser Käseköstlichkeit beschloss ich, Nico am nächsten Tag eine SMS zu schicken. Es lagen zwar keine obligatorischen drei Tage zwischen der Nachricht und unserem letzten Zufallstreffen, aber ich dachte an Julia, die mal zu mir gesagt hatte, dass die ganzen Rendezvous-was-darf-ich-und-was-gehört-sich-nicht-Regeln absoluter Quatsch seien.

Damals hatte ich gerade einen blonden Studenten namens Piet kennengelernt. Er studierte auch Jura und war genauso schwul wie ich. Als er sich nach vier Tagen noch immer nicht gemeldet hatte, war ich auf Julias gemütlicher, roter, mit Keksen bekleckerten Wohnzimmercouch – ihr mittlerweile sechsjähriger Sohn Valentin hatte ganze Arbeit geleistet – zusammengebrochen. Ihr Mann war zum Glück nicht da gewesen, sonst hätte ich mich wahrscheinlich maßlos blamiert. Aber da er ebenfalls bei der Polizei arbeitete – was für ein Zufall – war er mal wieder bei irgendwelchen Sondereinsätzen. „Piet meldet sich nicht. Und dabei habe ich ihm bereits vor vier Tagen meine Telefonnummer gegeben“, jammerte ich. Julia hatte sich zu mir gesetzt und mir neuen Tee eingeschenkt. „Marten! Dieser ganze Quatsch von wegen ich-kann-ihn-erst-anrufen-wenn-drei-Tage-um-sind-oder-er-will-mich-nicht-mehr hat sich irgendjemand ausgedacht, der beziehungs*un*fähig ist. Warum meinst du, heißt es, im Krieg und in der Liebe ist alles erlaubt? Wenn sich jemand ernsthaft für dich interessiert, dann ist es vollkommen egal, wann er sich meldet. Wenn dein Bauchgefühl dir sagt, ich muss ihn *einen* Tag später anrufen, dann tue es. Scheiß doch auf die drei Tage. Wenn er dich zu aufdringlich findet, kannst du ihn sowieso vergessen. Und wenn er dich auch mag, freut er sich über deinen Anruf.“ Mit hochroten Wangen hatte sie vor mir gesessen und fast wütend in ihren selbstgebackenen, viel zu harten Keks gebissen. „Hier, nimm dir erst mal einen Keks. Und nun ruf ihn an.“ Sie hatte mir das Telefon über den Tisch geschoben und mich abwartend angeguckt. Unsicher hatte ich bei Piet angerufen, der hocherfreut ins Telefon gelacht hatte. Er hatte meine Nummer verloren und sich seit Tagen darüber geärgert. Ich gab ihm meine Nummer erneut und er versprach, gleich am Abend anzurufen. Bereits einen Tag später saßen wir zusammen in einer Kneipe. Alles in allem war es eine recht kurze Affäre. Piet war einfach nicht sesshaft. Er wollte ausprobieren und Erfahrungen sammeln. Eine feste Beziehung kam für ihn nicht in Frage. Ich war nur mäßig traurig, denn ich hatte die ganze Zeit über gespürt, dass Piet nicht der Richtige für mich war. Meine Oma hätte gesagt, er hatte noch Eierschalen hinter den Ohren. Und sowas konnte ich auf Dauer nicht gebrauchen. Ich wollte Staatsanwalt werden und ein ruhiges, gesetztes Leben führen. Ich wollte Verantwortung tragen, nicht nur beruflich, sondern auch privat.

*

Am Sonntagnachmittag, ich war gerade zu Hause angekommen, schnappte ich mir mein Handy und verschickte meine erste SMS.

Moin Nico,

na, wie steht's mit einem Bier in dieser Woche? Ich würde mich freuen. Sag einfach wann und wo.

Gruß, Marten

Ich legte das Handy auf den Wohnzimmertisch und ging in die Küche, um mir etwas zu essen zu holen. Ich hatte meinen Küchenschrank noch gar nicht ganz erreicht, als mein Handy schrie: „Sie haben Post, uuhuhuhuuuu!" Aufgeregt lief ich zurück.

Moin Marten,

bin erst ab Dienstag wieder im Lande. Muss noch auf Fortbildung nach Lüchow ☺ Ich melde mich dann die Tage wegen eines Treffens. Dir noch ein schönes Restwochenende☺

Oh, mein Gott! Er mag mich. Er muss mich mögen. Die Antwort hatte keine Minute auf sich warten lassen. Wenn das kein Zeichen war.

*

Ich zog mir am Sonntagabend noch meinen obligatorischen Tatort rein und ging danach ins Bett.

Am Montag hatte ich keine Gerichtstermine und schwitzte über meinen Akten. Ein Fall machte mir besondere Sorgen. Bei einem Mann Mitte Vierzig hatte die Polizei über achthundert Dateien mit Kinderpornos und Aktfotos gefunden. Laut Polizeibericht hatte er dafür aber ganz schön billige Ausreden. Eine davon war, dass diese Dateien als Virusanhang mit seiner E-mailpost auf seinen Rechner gekommen sein mussten. Gott, einige Leute waren sich echt nicht zu schade, um solch dämliche Lügen zu erfinden. Für wie dumm hielten die uns eigentlich? Für mich war es gar keine Frage, beim zuständigen Richter einen Antrag auf Klageerhebung zu stellen.

Am Dienstagnachmittag saß ich in der Bahn auf dem Weg nach Hause. Den ganzen Tag lang hatte ich schon wie auf Kohlen gesessen und mir überlegt, was ich Nico als nächstes schreiben konnte.

Hi, Nico!
Wünsche dir eine gute Heimfahrt und eine angenehme Fortbildung. Lass dich nicht quälen. Ich freue mich aufs Bier.
Gruß, Marten

Dieses Mal blieb mein Handy ruhig. Erst als ich am Abend meine Spaghetti mit Tomatensoße verdrückt hatte, meldete sich mein im Ansehen gestiegenes, rasant beförderndes Liebesbotschaftergerät wieder. „Sie haben Post, uuhuhuhuuuu!“ schrie es in voller Lautstärke. Mir rutschte vor Schreck die Gabel aus der Hand. Ich ließ meinen Teller im Wohnzimmer stehen und rannte in den Flur. Das Handy steckte noch in meiner Manteltasche.

Hi, Marten!
Melde mich die Tage. Hast du eigentlich eine dienstliche E-mailadresse?
Gruß, Nico

Sorry, du musst leider mit gmx.net Vorlieb nehmen. Hoffe, das ist o.k.!
G, M.

Hallo M.
Null problemo! Melde mich später per E-mail. G, N.

*

„Er hat nach deiner E-mailadresse gefragt? Na, das ist doch eindeutig, Marten."

„Meinst du? Na ja, zumindest ist das schon mal ein guter Anfang. Sag mal, ich habe nächsten Montag frei. Was hältst du von 'ner schönen heißen Tasse Tee, Julia?"

„Montag, Montag … lass mich mal schnell auf den Kalender gucken …" Ich hörte lautes Rascheln am anderen Ende der Leitung. Aus weiter Ferne ertönte Kindergeschrei.

„Mensch, Julia! Was ist denn bei dir los?"

„Ach, ich weiß auch nicht. Die beiden großen, Niko und Valentin streiten sich permanent. Ich bin echt genervt. Wenn du dir Kinder anschaffst, dann Mädels … oder du lässt bei der Invitro-Befruchtung ein Harmoniehormon mit einpflanzen."

„Danke, ich werde es mir merken, wenn's überhaupt so weit kommen sollte."

„Montag ist okay. Keine Kinderarzttermine, keine anderen Sachen und die Krippe für Marie wird eh erst in zwei Monaten fertig gebaut sein. Bin also zu Hause."

„Prima! Dann komme ich um zehn Uhr vorbei. Ist dir das recht?"

„Zehn Uhr klingt super. Bis dann, Marten!"

Kaum hatte ich aufgelegt, klingelte mein Wecker. Guter Gott, ich hatte ja Verhandlungen. Eilig packte ich meine Unterlagen zusammen und hechelte aus dem Bürogebäude. Wie gut, dass das Gericht nur wenige hundert Meter von der Staatsanwaltschaft entfernt lag. Ausgerechnet heute hatte ich meine Gruselverhandlung.

Ich stürmte in den Gerichtssaal und war noch etwas außer Atem, als ich auch schon die Anklage verlesen musste. Normalerweise ließen sich die Richter immer etwas Zeit mit der Bearbeitung der Fälle, aber in diesem Fall war ich auf einen neuen Richter gestoßen, der offenbar alles daran setzte, unkomplizierte Fälle zuerst abzuarbeiten und so kam es, dass ich bereits nach drei Tagen zur Hauptverhandlung meiner Kinderpornodateien gehen musste. So was war mir bisher noch nie passiert. Normalerweise stimmte der Spruch, dass die Mühlen der Justiz langsam mahlten.

Die Beweisaufnahme war recht kurz, da der Angeklagte nichts aussagen wollte und sein Verteidiger keinen Kommentar abgab. Ich war froh, dass einer der Kriminalpolizisten zur Sache aussagen konnte und hoffte, den Fall noch heute mit einer Freiheitsstrafe abhaken zu können. Aber leider machte mir der saubere Herr Verteidiger einen Strich durch die Rechnung. Er beantragte eine Vertagung aufgrund des labilen Gesundheitszustandes seines Mandanten. Für mich sah der Angeklagte eigentlich ganz fidel aus. Nun ja, etwas schräg vielleicht und ungepflegt, aber er machte auf mich einen recht gesunden Eindruck. Der Richter gab dem Antrag erstaunlicherweise statt und so packte ich bereits nach eineinhalb Stunden zerknirscht meine Sachen zusammen und lief ins Büro zurück. So was Dummes! Eine eindeutige Beweislage und der Richter ließ den Kerl noch eine weitere Woche frei herumlaufen. Kein Wunder, dass sich Onkel Gerd und Onkel Georg so über die lasche Justiz aufregten. Heute hatten sie mein vollstes Verständnis. Ich war so gefrustet, dass ich Nico eine SMS schickte, obwohl ich wusste, dass er noch auf Fortbildung und den ganzen Tag über nicht erreichbar war.

Hi, Nico!
Hatte gerade meine Gruselverhandlung. Hoffe, bei dir ist es nicht so anstrengend. Bis dann,
LG, Marten

Nachdenklich trommelte ich auf meinem Schreibtisch herum. Vor mir türmte sich ein Aktenberg. Lustlos nahm ich mir die oberste Akte und öffnete den Deckel. Diebstahl. Gelangweilt las ich den Polizeibericht durch und schaute in meiner schlauen Datei nach, ob mein Kunde bereits vorbestraft war. Ich suchte nach einem Klaus Meyerschmitz und wurde tatsächlich fündig.

Der Gute war bereits zweimal beim Käseklauen erwischt worden, wobei die Anzeigen jedes Mal wegen Geringfügigkeit eingestellt worden waren. Nun gut, jetzt hatte die Supermarktkette ihn wegen Diebstahls einer Weinflasche angezeigt. Er hatte das Etikett einer billigen Weinflasche entfernt und auf die Flasche mit dem teuren Wein geklebt. Damit ist er zur Kasse marschiert und hat so getan, als sei alles korrekt. Leider hatte ihn der Ladendetektiv dabei beobachtet und hinter der Kasse zur Rede gestellt. Also gut. Dann wollen wir mal. Herr Klaus Meyerschmitz bekommt einen Strafbefehl. Was hatte er denn alles für Delikte begangen? Zuerst einmal eine Urkundenunterdrückung nach Paragraph zweihundertvierundsiebzig des Strafgesetzbuches durch das Überkleben des Preisetiketts an der teuren Weinflasche. Gleichzeitig erfasste diese Handlung eine Urkundenfälschung nach Paragraph zweihundertsiebenundsechzig. Außerdem noch eine Sachbeschädigung nach Paragraph dreihundertdrei, weil er den teuren Preis überklebt hatte – wobei ich das doch eher kleinlich fand, aber so waren die Juristen nun einmal. Wenn ich so recht darüber nachdachte, konnte ich ihm unmöglich einen Strafbefehl erteilen. Ich glaube, ich werde die Sache erneut wegen Geringfügigkeit einstellen, werde ihn aber verwarnen. Der alte Mann war ganze dreiundsiebzig Jahre alt und wollte sich offenbar mal ein feines Schlückchen gönnen, ohne es von seiner schmalen Rente bezahlen zu können.

„So, Klaus Meyerschmitz, dein Fall wäre abgehakt, aber lass dich nicht noch einmal erwischen, sonst musst du Strafe bezahlen“, brummte ich vor mich hin. Ich arbeitete noch zwei weitere Akten ab und beschloss dann, nach Hause zu fahren. Es war zwar erst drei Uhr nachmittags, aber das war das wunderbare an der modernen Gleitzeit. Apropos gleiten, mein Schwarm hatte sich noch nicht wieder bei mir gemeldet. War wohl im Stress auf seinem Seminar in Lüchow.

Zu Hause angekommen machte ich mir erst mal eine schöne große Tasse Cappuccino und gönnte mir dazu ein paar Butterkekse aus England. Wenn ich Butterkekse sage, meine ich auch Butterkekse. Während die Deutschen ihren Keksen den gleichen Namen verpassten und wohl eher Margarine untermixten, rührten die Engländer wirklich Butter in den Teig. Sie schmeckten einfach himmlisch, auch wenn ich nicht mehr als zwei Kekse davon am Tag essen konnte, ohne dass mir schlecht wurde. Butter lag halt doch relativ schwer im Magen. Ich schnappte mir ein Buch und fing an zu lesen. Bevor ich mich versah, war es Viertel nach fünf. Ich stand auf und ging ins Bad. Als ich mir die Hände mit Seife gewaschen hatte – ich gehörte schließlich zu der Sorte Männer, dessen Mutter darauf bestanden hatte, dass man sich selbst nach dem Pinkeln die Hände ordentlich mit Seife wäscht – hörte ich ein wohl bekanntes Rufen. „Sie haben Post, uuhuhuhuuuu!" So schnell ich konnte, flitzte ich in den Flur und zog mein Handy aus der Manteltasche. Ich glaube, ich muss mal diese dumme Angewohnheit loswerden. Welcher Idiot packte heutzutage noch sein Mobiltelefon in die Jackentasche? Ich hatte seit über einem Jahr keinen Handydiebstahl mehr gehabt, bei dem das Opfer seinen Wertgegenstand in der Jackentasche aufbewahrt hatte. Ich nahm mir vor, das wertvolle Stück ab jetzt im Rucksack zu verstauen.

Hi, Marten!
Die 10stündige Übung ist vorbei. Alle Geiseln leben noch. Was für ne Gruselsache? Hab ich was verpasst?
Melde mich, wenn ich zurück bin.
Gruß, Nico

Mein Herz machte einen unerwarteten Hüpfer. Wer hätte gedacht, dass Nico heute noch schreibt und dass nach einer 10-Stunden-Übung einer Geiselbefreiung. Mir fällt da niemand ein, der danach nicht einfach nur die Füße hochlegen und nichts tun würde. Das war sicherlich ein Zeichen!

*

Am nächsten Tag musste ich doch tatsächlich aus beruflichen Gründen nach St. Pauli. Ich wollte einen der Beamten etwas wegen einer Betrugssache fragen und richtete meinen Besuch so ein, dass ich exakt zur Mittagszeit dort eintraf. Als ich an seinem Spint vorbeikam – der zuständige Beamte führte mich durch die halbe Umkleide, um mir die Fragen im Aufenthaltsraum zu beantworten, obwohl wir das Ganze auch förmlich im Vernehmungsraum hätten machen können – las ich in schiefen Lettern unter Nicos Namen ‚Luigi, der Pizzabäcker'. Was hatte das nun wieder zu bedeuten? Tapfer wie ich war, verkniff ich mir allerdings die Frage und beschloss, Nico selbst zu fragen, sobald wir bei einem gemeinsamen Bierchen zusammen saßen. Falls wir das noch in diesem Leben schafften!

Mit großer Enttäuschung stellte ich fest, dass Nico noch bei der Fortbildung war und ich ihn somit nicht zu einem kleinen Mittagessen überreden konnte. Also befragte ich seinen Kollegen, notierte mir alles in meiner Akte und verabschiedete mich. Auf dem Weg zur Bahn holte ich mein Handy heraus. Als jedoch zwei leicht angetrunkene Gesellen an mir vorbeikamen und mich unwirsch angrölten, verstaute ich es schnell in meinem Rucksack – super, ich hatte daran gedacht – und sah zu, dass ich zur Bahn kam. Mag sein, dass St. Pauli ein aufregendes Nachtleben hatte, aber wohl fühlte ich mich in dieser Gegend nicht. Weder tagsüber noch nachts. Ich konnte nicht nachvollziehen, wie man freiwillig hierhinziehen konnte, wo es nur so von Besoffenen, Pennern – 'tschuldigung, ich meinte natürlich, Randständigen – und Prostituierten wimmelte. Außerdem stank es an einigen Hausecken entsetzlich nach Urin.

Zwanzig Minuten später saß ich wieder in meinem Büro und fühlte mich fast zu Hause, obwohl die Räume der Staatsanwaltschaft die hässlichsten sind, die mir je untergekommen waren.

Als mich Christian, mein bester Freund aus Kindertagen – absolut hetero – mal besuchte, stolperte er fast rückwärts wieder aus dem Raum. Sein Kommentar zu meinem Büro war. „Mensch, Marten! Du hast einen angesehenen, hochbezahlten

Job und arbeitest in der letzten Hütte. Die Akten stapeln sich vom Boden bis zur Decke, dein Schreibtisch ist alt und sieht nicht nur billig, sondern richtig schäbig aus und wenn jemand hier hereinkommt, den du verhören willst, muss der sich wie 'ne weitere Nummer in deinem Aktenberg fühlen. Jeder piefige Anwalt hat's da besser als du!"

Daraufhin hatte ich mir zwei Grünpflanzen besorgt und auf den Schreibtisch gestellt, aber bereits nach zwei Wochen waren sie mir im Weg und wurden auf die Fensterbank verbannt. Aber nach meinem heutigen Auswärtstermin in St. Pauli kam mir mein schäbiges, karg eingerichtetes Büro richtig gemütlich vor. Ich holte mein Handy erneut hervor und tippte noch schnell eine SMS für Nico.

Hi, N.!
War gerade an deinem PK. Hast echt nette Kollegen. Hoffentlich bis bald.
Gruß, M.

Der Nachmittag verging, ohne dass ich eine Antwort erhielt. Ich war müde von der Woche und hatte keine Lust, auszugehen. Also machte ich es mir auf meiner Couch gemütlich, aß jede Menge Kartoffelchips und guckte mir Bully Herbigs Film *Traumschiff Surprise* an. Mittlerweile konnte ich ihn auswendig, aber er brachte mich noch immer zum Lachen. Aufgeheitert ging ich ins Bett und schlief lange in den Samstag hinein.

*

„Hast du dich jetzt langsam mal entschieden, ob wir das Aufgebot am neunten oder am dreizehnten August bestellen sollen?"

Nachdenklich starrte ich meinen Kalender an. Ich war mir unsicher, welche Zahl mir besser gefiel. Immerhin legte ich großen Wert auf Zeichen. Ich hatte mir irgendwann mal ein Buch gekauft, indem eine Hexe – ja, so nannte sie sich wirklich – eine Möglichkeit aufgezeigt hatte, wie man seine persönliche Zahl ausrechnen konnte. Das fand ich so cool, dass ich es mir trotz meines knappen Studentenbudgets für ganze fünfzehn Deutsche Mark gekauft hatte. Daher wusste ich, dass meine Zahl die Sieben war. Leider waren jedoch die Termine zur Eintragung einer gleichgeschlechtlichen Lebensgemeinschaft sehr begrenzt und so blieben uns nur zwei Termine, die nicht mal im Entferntesten mit einer Sieben zu tun hatten. Das Buch hatte ich damals einer Kommilitonin ausgeliehen und die war einfach heimlich aus Hamburg weggezogen, ohne mir das Buch jemals wiederzugeben. So eine blöde Kuh! Jetzt konnte ich keine weiteren Glückszahlen mehr ausrechnen.

Okay, Marten, Schwamm drüber! Ich versuchte mich wieder zu konzentrieren, und überlegte mir, dass die Neun vielleicht besser war, als die allseits gefürchtete, verflixte Dreizehn. „Lass uns am neunten heiraten“, schlug ich also vor.

„Warum das denn? Der dreizehnte August klingt doch viel cooler!“

„Ich bin aber nicht cool und ich glaube an Zeichen. Als ich dich zum ersten Mal in deiner schicken Polizeiuniform gesehen habe, war zwar nicht der neunte, aber immerhin war es neun Uhr, glaube ich. Das ist ein Zeichen, findest du nicht, Schatz?“ Ich grinste und setzte einfach den neunten August in den Antrag für unsere Eintragung der gleichgeschlechtlichen Lebensgemeinschaft.

*

Ich schreckte hoch und starrte mit großen Augen auf den Bildschirm. Es war Samstagabend und ich muss vor dem Computer eingeschlafen sein. Vor mir hüpfte nun ein kleiner Frosch herum und kündigte lauthals eine E-mail an. Ich schaute auf die Uhr. Es war zwei Uhr morgens. Wer, zum Teufel, verschickte um diese Uhrzeit E-mails? Verschlafen klickte ich auf den Frosch und wartete ab, bis die Nachricht erschien. Halleluja! Eine E-mail von Nico. Was für eine Überraschung.

-------- Original-Nachricht --------
> Datum: Sun, 28 Sep 2008 02:55:57
> Von: „Nico Krohninger“
<Nico.Krohninger@polizei.hamburg.de>
> An: m.kruse@gmx.net
> Betreff: Nächtlicher Gruß

Moin Marten!

Wie Du siehst, verbringe ich gerade die Nachtschicht auf der Dienststelle. Freut mich, heute gelesen zu haben, dass es Dir bei uns gefallen hat. Aber wenn ich das so richtig lese, waren die Geschehnisse Deiner Nachtschicht letzte Woche doch überschaubar. Obwohl es doch schon ziemlich fies war, mich am Sonntagmorgen um 03.10 Uhr mit einer, wenn auch netten SMS, zu wecken ;-)

Mit welchen Kollegen bist Du denn rausgefahren? Hoffe, Du bist gut mit der Arbeitszeit klargekommen. Ist schon hart, einen 24-Stunden-Tag hinter sich zu bringen.

Du hast übrigens meine Frage geschickt umschippert, was Du nun mit ‚Gruselsache‘ meintest. Um was ging es denn bei Deiner *Gruselverhandlung*?

Wenn Du eh immer beruflich in der Stadt bist, würde es sich anbieten, wenn wir uns hier eine gemütliche Kneipe zum Schnacken suchen, es sei denn, Du hast eine der berühmt berüchtigten Juristen-Partys anzubieten :-D

Ich werde mich im Laufe der Woche (Dienstag oder Donnerstag) nochmal bei Dir melden bzgl. eines Treffens, falls noch Interesse besteht. Bin nur zurzeit auf Haussuche und deshalb etwas seltener daheim ...

Wünsch Dir noch ein schönes Rest-Wochenende,
Grüße,
Nico

Herr im Himmel! Punkt eins: Ich musste am Sonntag nach

Jürgens Geburtstagsfeier wirklich ein oder zwei Cocktails zu viel getrunken haben, denn ich hatte total vergessen, dass ich kurz vor dem Zubettgehen noch eine SMS an Nico verschickt hatte. Punkt zwei: Was hieß hier ‚falls ich noch Interesse habe'? Klaro, ich brannte förmlich darauf! Punkt drei: Wieso, zum Teufel, war Nico auf Haussuche? Welcher alleinstehende junge Mann ging auf Haussuche? Ich kannte keinen. Das konnte nur bedeuten, dass er entweder mit einer Frau oder einem Mann liiert war. Guter Gott, das war mein Aus! Ich hatte ihn schon an meiner Seite gesehen, Hand in Hand am hellen Strand der Karibik. Ich sah die Schlagzeile direkt vor mir: Staatsanwalt und Polizei endlich vereint! Und nun das. Wie konnte er mir das nur antun? Ich wünschte, ich hätte ihn zuerst entdeckt. Völlig erledigt fiel ich auf meine Couch zurück und klappte meinen Computer zu. Hätte ich das Ding bloß ausgeschaltet, dann würde ich jetzt nicht schlaflos auf meiner Couch liegen und Tausende von Möglichkeiten durchwälzen.

Innerhalb der nächsten fünf Minuten war ich allerdings wieder im Land der Träume und hörte das Wasser der türkisfarbenen Wellen sanft in meinem Ohr rauschen. Moment mal! Hatte ich etwa noch den Fernseher an? Ich blinzelte. Was war das denn? Oh nee! Störung im NDR. Na super, nix is' mit sanften Wellen. Genervt schaltete ich den Fernseher ab und ließ mich zurück in die Kissen fallen. Ich hatte keine Lust mehr, mich ins Schlafzimmer zu schleppen.

*

Am Sonntagmorgen war ich einigermaßen ausgeschlafen und schrieb Nico zurück.

-------- Original-Nachricht --------
Datum: Sun, 28 Sep 2008 10:29:32
Von: „Marten Kruse" m.kruse@gmx.net>

An: „Nico Krohninger“
<Nico.Krohninger@polizei.hamburg.de>
Betreff: Re: Nächtlicher Gruß

Hi Nico!

Na, Dienstag oder Donnerstag hört sich ja noch ewig an :-) Aber wenn's vorher nicht klappt, habe ich noch genug Arbeit, um mich bis dahin abzulenken ... Bei der Haus(?)suche wünsche ich Dir schon mal viel Erfolg. Das hört sich wie etwas ungeheuer Nerviges an .. .bin froh, dass ich meine kleine bescheidene Zwei-Zimmer-Wohnung habe.

Wo wir uns treffen, ist mir egal. Allerdings würde ich es cooler finden, wenn wir in diese Kneipenstraße in Lüneburg gehen. Was hältst Du denn davon? Ich habe eine HVV-Gesamtkarte und fahre wirklich gern nach Lüneburg. Juristenpartys stehen momentan nicht an ;-) Aber Bars, Cafés, Kneipen und vor allem Wohnzimmer kenne ich in Hamburg genug (da könnten wir anderthalb Monate jeden Abend in eine andere tolle gehen :-)

Ach ja, meine Gruselsache war ‘ne echt hässliche Kinderpornogeschichte. Die endete vorgestern mit einem Freispruch, obwohl ich 9 Monate auf Bewährung beantragt hatte, konnte den Richter aber offensichtlich nicht überzeugen …

Wie war Dein Dienst gestern? Du Armer, wirst ja echt rangenommen. Erst die Fortbildung, dann Nachtschicht und letzte Woche auch noch mein Frühweckdienst :-) Gott, ich glaube, ich hatte ein paar Cocktails zu viel auf der Geburtstagsfeier eines Freundes. Meine Nachtschicht mit deinen Kollegen Niclas und Matze war ganz interessant. Man fährt ja nicht jede Nacht mit zwei Beamten durch die Gegend. Am Freitag war ich auf Deinem PK, aber du warst noch auf Fortbildung. So konnte ich Dich leider nicht zum gemeinsamen Mittagessen überreden :-(

Ich werde Dich jetzt nicht fragen, wie es in Versmold bei Deiner Familie war, und was Du alles auf Deiner Fortbildung getrieben hast, das können wir schließlich noch beim Bierchen beschnacken.

Also Pizzabäcker (das war doch Dein Spint, oder?), wenn Du magst, treffen wir uns irgendwann nächste Woche außer Mittwoch. Du kannst frei über mich verfügen (Ort, Zeit, Tag). Dir einen erholsamen Sonntag.

Grüße,
Marten

*

„Marten, Schatz! Was ist los? Du isst ja gar nichts."

„Ach, Mama! Mach dir bitte keine Sorgen. Es geht mir gut." Mühsam kaute ich auf der Weihnachtsente herum. Irgendwie schmeckte mir das Essen nicht.

„Junge, du kannst mit mir über alles reden. Wirklich! Über alles!"

Ich lächelte meine Mutter schwach an und folgte ihr in die Küche, um mir einen Schnaps zu holen. Die Ente lag mir schwer im Magen. Meine Mutter goss mir den edlen Tropfen ein und reichte mir das Schnapsglas.

„Also, was ist?"

Ich verdrehte die Augen und stöhnte. Wenn sich meine Mutter in den Kopf gesetzt hatte, mir ein Geheimnis zu entlocken, nervte sie so lange, bis ich schließlich nachgab. „Na gut, du lässt mir ja eh keine Ruhe! Mama, wenn ich das nächste Mal nach Hause komme, bringe ich keine Frau, sondern einen Mann mit." Stille.

So, nun war es raus. Meine Mutter schluckte und lächelte tapfer.

„Tja, Marten! Das habe ich mir irgendwie schon gedacht. Du warst immer schon ein wenig weicher als die Jungs in deiner Klasse und du hast nie eine Freundin mit nach Hause gebracht. Vati meinte ja immer, das kommt schon noch, wenn du erst mal die Richtige getroffen hast, aber ich habe irgendwie gespürt, dass du anders bist."

Schweißgebadet schreckte ich hoch. Mannomann! Ich sollte wirklich das nächste Mal in meinem Bett schlafen. Auf meiner Couch hatte ich echt die blödesten Träume. Wieso, zum Teufel, habe ich ausgerechnet von dem Weihnachtsfest von vor vier

Jahren geträumt, als ich meiner Familie – im kleinen Kreis natürlich – gebeichtet hatte, dass ich schwul war? Das musste mit Nico zusammenhängen. Wahrscheinlich hatte mich irgendetwas in seiner E-mail an die Zeit damals erinnert.

*

Ich stand auf und machte mir in der Küche ein paar Rühreier mit Speck. Dazu buk ich mir zwei Brötchen vom Aldi auf und setzte mich ins Wohnzimmer. Jürgen hatte mir zwei DVDs ausgeliehen. Eine amerikanische Soapserie, die was für schwule Herzen war und jegliche Art der Homosexualität bedienen sollte. Ich legte die erste DVD ein und grinste, als ich den Titel las. *Queer as folk*, na, das versprach ja schon mal einiges. Erzählt wurden die Geschichten von fünf Männern, allesamt schwul natürlich. Oh Mann, dieser Michael war ja wohl absolut süß. Netter Kurzhaarschnitt, hübsches Lächeln, gute Manieren, eben das, was sich jede Mutter so für ihren Sohn wünschte – nun gut, wahrscheinlich war er eher der Wunschschwiegersohn der Tochter, aber wir waren hier im Schwulenmetier.

Brian war der absolute Draufgänger und ich denke, ich würde ihn nicht von der Bettkante schubsen, aber leider befand sich zwischen uns eine Glasscheibe, aus der er wohl - wenn ich es recht überlegte - kaum herauskommen wird. Justin und Ben waren nun wirklich nicht mein Fall. Gott, Justin war noch ein Kind. Da machte ich mich ja schon bei dem Gedanken an Sex mit ihm strafbar. Lieber nicht! Emmett gehörte auch eher zu der Sorte Mann, auf die Jürgen stand. Wie konnte man nur in durchsichtigen Hemdchen herumlaufen? Hatte der Kerl denn gar keinen Anstand? Na ja, immerhin fuhr Jürgen auf ihn ab, obwohl er nicht zu den älteren Semestern gehörte. Er hatte sicherlich einen guten Kern. Was wäre eine gute Serie wohl ohne zwei Lesben? Ehrlich gesagt, hätte ich gut darauf verzichten können, andererseits peppten die beiden Mädels den Laden ein bisschen auf. Am coolsten aber war ja wohl Michaels Mutter Debbie. Herr im Himmel, war die Frau taff und ein absoluter Traum für jeden schwulen Sohn. Wer wünschte sich nicht eine Mutter, die gegen die Diskriminierung von Homosexuellen kämpfte und für den eigenen Sohn und dessen männliche Freunde ein offenes Ohr hatte? Mann, wie beneidete ich Michael. Meine Mutter buk auch Geburtstagskuchen, aber sie würde sich nie im Leben mit Jürgen in die Küche setzen und sagen „Okay, Jürgen! Dann erzähle mir mal von deinen Problemen. Wieso hat es nicht mit Kevin, Klaus oder wer-es-auch-immer-ist geklappt?"

Bei dem Gedanken musste ich auflachen und bemerkte, dass mein Rührei mittlerweile kalt geworden war. Na gut, hole ich mir eben etwas Mayonnaise, dann wird das Ganze zum Brunch umdeklariert. Die Serie war einfach spitze. Genau das, was ich jetzt gebrauchen konnte.

Nachdem ich pappsatt war und beide DVDs zu Ende geguckt hatte, war ich frohen Mutes, Nico zu mailen. Ich holte meinen Laptop hervor und wählte mich ins Internet. Ich öffnete mein Postfach und hatte tatsächlich noch eine Antwort von Nico bekommen. Merkwürdig, der arbeitete doch nicht rund um die Uhr, oder doch? Wie spät war es eigentlich? Ich konnte unmöglich den halben Tag lang DVDs geguckt haben, oder? Okay, der Sonntag war fast vorbei. Ich hatte den ganzen Tag lang Fernsehen geguckt.

-------- Original-Nachricht --------
> Datum: Sun, 28 Sep 2008 17:44:31
> Von: „Nico Krohninger"
<Nico.Krohninger@polizei.hamburg.de>
> An: Marten Kruse <m.kruse@gmx.net>
> Betreff: Tagesgruß

Hi Marten!

Ich denke allerdings, dass Dienstag oder Donnerstag dann doch zu gehetzt wird. Behalten wir doch mal den Freitag im Auge, aber bzgl. der genauen Uhrzeit muss ich meinen Chef fragen O:-) , da sie am Freitag nun auch frei hat und schon gerne mal das eine oder andere plant, ohne mich vorher zu fragen :)

Ich werde mich morgen noch einmal bei Dir melden, wenn es Dir wirklich nichts ausmacht. Ich würde mich freuen, wenn wir uns in LG treffen könnten ;)

Bis denn,

Nico

Soviel nun zu meinem Erholungswert durch den amüsanten Fernsehtag mit Michael, Ben, Ted, Brian und Justin. Alles futsch. Was sollte das denn nun heißen? *Chefin*? Erzähl mir bloß nicht, der Kerl hat 'ne Freundin, dann drehe ich durch. Und wenn, dann gehe ich zu ihr und verklicker ihr, dass *ich* der passendere Deckel bin und nicht sie. Die Idee fand ich gut! Vorher rufe ich aber doch lieber bei Jürgen an.

„Hallo?"

„Jürgen, altes Haus! Wie geht's dir?"

„Mensch, Marten. Du weißt ganz genau, dass ich diese Begrüßung nicht ausstehen kann. Du hörst dich schon an wie diese eiskalten Macho-Heteros."

Ich musste unwillkürlich lachen. „Sorry, Jürgen! Ich bin noch total überdreht von der Soapserie, die du mir auf DVD ausgeliehen hast. Du hast nicht zufällig noch mehr davon?"

„Klar habe ich das. Schätzchen, als Richter verdiene ich soviel Geld, dass ich mit meiner popligen Zwei-Zimmer-Wohnung fünfhundert von diesen DVDs anschaffen kann. Tue ich natürlich nicht. Wenn du willst, dann komm doch vorbei und wir gucken eine Folge gemeinsam. Du hast doch bestimmt noch Erzählbedarf, oder was macht Nicos Haussuche?"

Guter Gott, hatte ich ihm davon schon erzählt? So langsam musste ich Buch führen, wem ich was erzähle. Ich kam schon total durcheinander. „Woher weißt du denn davon?"

„Sag mal, Marten, nimmst du Drogen? Muss ich mir Sorgen machen? Oder hast du letzte Nacht ein Glas Wein zu viel getrunken? Du hast mir heute Nacht um kurz nach eins, glaube ich, 'ne SMS geschickt. Ich war nur zu faul, dir zu antworten. Und heute tagsüber hatte ich vergessen, bei dir durchzuklingeln. Also, was ist? Kommst du vorbei?"

„Bin gleich da, Jürgen!"

*

Zwanzig Minuten später ließ mich Jürgen in sein Wohnzimmer eintreten.

„Du sag mal, Jürgen! War das eben Klaus auf der Treppe? Der ist ja wie ein Wirbelwind an mir vorbeigeprescht. Hattet ihr Streit?"

Jürgen winkte ab und nahm sich ein Taschentuch, um sich eine imaginäre Träne aus den Augenwinkeln zu tupfen. Er hätte wirklich lieber Schauspieler anstatt Richter werden sollen. Ich kannte Jürgen aus seinen Gerichtsverhandlungen. Während meiner Referendariatszeit war er mein Tutor gewesen und so hatten wir uns vor ein paar Jahren kennen- und schätzen gelernt. Am Gericht war er komplett anders und fast nicht wieder zu erkennen. Wenn man ihn dort beobachtete, konnte man meinen, Crocodile Dundee zu begegnen, nur in schwarzer Robe anstatt Lederkostüm und Cowboyhut. Er war einer der strengsten Richter, denen ich je begegnet war und er benahm sich so was von hetero an seinem Arbeitsplatz, dass es mich gar nicht wunderte, dass er zu Hause fast an seiner Weichheit zerbrach und ziemlich nah am Wasser gebaut war. Ich legte ihm meine Hand auf die Schulter und das hätte ich besser nicht getan. Er brach in Tränen aus und warf sich mir an den Hals. Ich ließ ihn heulend berichten, worüber er sich mit Klaus gestritten hatte, verstand dabei aber kaum ein Wort. In regelmäßigen Abständen klopfte ich ihm auf die Schulter und versuchte, ihn zu beruhigen. Nach einer halben Ewigkeit löste er sich von mir und wischte sich das Gesicht ab. Ich spürte etwas ekelhaft Nasses an meiner Schulter und ahnte Böses. Guter Gott! Jürgen hatte meinen Pullover durchtränkt. Konnte ein Mann alleine so viel Tränenflüssigkeit in sich tragen? Wenn er ein Kamel wäre, würde ich sage, okay, der Junge hatte riesige Wasserspeicher, aber Jürgen war ganz eindeutig ein Mensch!

„Ähm, Jürgen?"

„Ja, Schätzchen?"

„Du hast nicht zufällig noch einen trockenen Pullover für mich, oder?" Mit zwei spitzen Fingern zog ich den nassen, kalten Stoff vom Körper. Erschrocken schlug sich Jürgen die Hand vor den Mund und fuchtelte dabei mit der anderen tuffig durch die Luft.

„Oh, nein! Was bin ich doch für eine Schlampe! Natürlich hole ich dir gleich was Frisches zum Anziehen. Bitte entschuldige, Schätzchen!"

„Geht schon klar, Jürgen! Mach dir keine Sorgen. Ich bin okay. Ich brauche nur was Trockenes."

Jürgen rauschte aus dem Zimmer und kam schnell wie der Blitz wieder ins Wohnzimmer zurück. In der Hand hielt er einen weichen rosafarbenen Kaschmirpullover mit V-Ausschnitt. Bei aller Liebe! Das war nun wirklich nicht mein Kleidungsgeschmack. Als ich zögerte, sah Jürgen mich verwundert an.

„Stimmt was nicht, Schätzchen?"

Ich wand mich unter seinem Blick. Ich konnte ihm kaum sagen, dass ich seinen Pulli schrecklich fand. Das würde einen weiteren tränenreichen Niagarafall bedeuten und dem war ich heute nicht mehr gewachsen. Ich lächelte gequält und nahm den Pulli entgegen.

„Ein … ein Baumwoll-T-Shirt für drunter wäre nicht schlecht. Hast du sowas?"

„Marten, Schätzchen! So etwas trage ich nicht."

„Nicht mal auf Arbeit?" Jürgen hatte Geheimnisse vor mir. Das konnte ich spüren. Was versteckte er heimlich unter seiner schwarzen Richterrobe? Misstrauisch beäugte ich ihn.

„Nee, wirklich nicht, Schätzchen! Du kannst ein Mikrofaser-Shirt haben. In weiß!"

„Gut, das nehme ich", lächelte ich ihn an und zog mein nasses T-Shirt aus.

Abrupt blieb Jürgen stehen. „Schätzchen, wie soll ich dir das Shirt holen, wenn du dich jetzt schon nackt machst? Du weißt doch ganz genau, dass ich deinem muskulösen Oberkörper nicht widerstehen kann. Keinen Schritt mache ich mehr!"

Genervt legte ich den Kopf zur Seite. Jürgen war mein bester Freund, aber ganz gewiss nicht mein Typ. Ich genoss die Zeit mit ihm, aber nur im platonischen Sinne.

„Jürgen, da ich nichts weiter zum drunter ziehen habe, werde ich hier so nackt auf dich warten, wie Gott mich erschaffen hat. Bitte sei so lieb und hole mir das weiße Mikrofaser-Shirt. Bitte!"

„Na gut! Ich geh ja schon", schoss Jürgen etwas beleidigt zurück.

Er wusste genau, dass ich mich niemals mit ihm einlassen würde, aber die Hoffnung gab er offenbar noch nicht auf. Zwei Sekunden später stand er wieder in der Tür und reichte mir sein Shirt. Ich zog mich betont langsam an, um ihm wenigstens etwas meiner männlichen Muskelkraft zu präsentieren und setzte mich dann erwartungsvoll auf die Couch.

„Wo hast du denn die DVDs?"

Jürgen lief zum Sideboard und holte einen Stapel DVDs heraus. „Du hast alle?"

„Klar, Schätzchen! Glaubst du, ich will ständig darauf warten, dass der Postbote mir die nächste Staffel bringt? Dafür bin ich zu alt und zu vermögend." Er setzte sich in den Sessel und faltete die Hände. „Aber bevor ich sie in den DVD-Player lege, erzählst du mir von Nico."

„Also gut. Nico hat mir eine E-mail geschrieben und außer ein bisschen bla … bla schrieb er, dass er im Stress sei, weil er auf Haussuche ist. Außerdem, so in seiner zweiten E-mail, redete er irgendetwas von seiner Chefin, die seinen Tagesablauf bestimmt."

Jürgen verzog nachdenklich die Stirn. Jetzt sah er wieder aus wie der gestrenge Richter, den ich vor Jahren im Referendariat erleben durfte.

„Halten wir mal fest. Punkt eins: In der Bahn hielt er permanenten Augenkontakt! Wenn du mich fragst, ist das ein eindeutiges Zeichen von Interesse. Punkt zwei: Er ist viel zu schnell auf deine Frage mit dem Biertrinken eingegangen. Und dass, obwohl seine Kollegin neben ihm stand. Punkt drei: Er hat gesagt, er freut sich, wenn du dich überhaupt meldest. Ich bitte dich, versuchen wir uns doch nur mal für einen kleinen Augenblick in einen Hetero reinzudenken – falls das überhaupt möglich ist – dann würde ich sagen, so was sagt man nicht zu einem Mann. Ergo, ist er schwul. Punkt vier: Welcher desinteressierte Hetero schreibt eine SMS nach einer 10stündigen Polizeiübung? Ich glaube, die hätte ich nicht einmal selbst geschrieben. Ich wäre nur noch ins Bett gefallen. Punkt fünf: Er hat dich nach deiner E-mailadresse gefragt. Punkt sechs: Welcher desinteressierte Hetero schickt einem anderen Mann mitten in der Nacht eine E-mail? Und das auch noch vom Revier aus? Ein Normalo hätte diese E-mail nicht einmal tagsüber vom PK aus geschrieben. Frag mal deine Freundin Julia. Ihr Mann ist doch auch Polizist und hetero. Ich wette, der würde sich eher die Hände abhacken, als einem anderen Mann solche E-mails zu schicken. Was subsumieren wir unter das Ganze?" Jürgen sah mich an wie ein Oberlehrer.

Ich grinste und zog die Schultern hoch. „Nico ist schwul und mit einem Mann auf Haussuche?"

„Bingo! Schätzchen, ich sage dir, der ist zwar auf Haussuche, aber noch lange nicht vergeben. Zu viele Zeichen deuten darauf hin, dass er an dir interessiert ist. So, und nun gucken wir *Queer as folk*."

*

Nach zwei Folgen *Queer as folk* war es bereits einundzwanzig Uhr dreißig und ich machte mich auf den Heimweg, nachdem ich sicher sein konnte, dass Jürgen sich von dem hässlichen Streit mit Klaus erholt hatte. Bevor ich mich allerdings schlafen legte, ging ich noch einmal an meinen Computer.

-------- Original-Nachricht --------
Datum: Sun, 28 Sep 2008 21:55:30
Von: „Marten Kruse“ <m.kruse@gmx.net>
An: „Nico Krohninger“
<Nico.Krohninger@polizei.hamburg.de>
Betreff: Re: Tagesgruß

N'Abend Nico,

ich wünsche Dir jetzt eine gute Nachtschicht und hoffe sie wird nicht so nervig. Zumindest nette Kollegen sind wohl immer da. Werde wahrscheinlich in der Tiefschlafphase sein, wenn Du das liest :-)

Ja, dann freue ich mich auf Freitag. Die Züge kommen immer um halb in Lüneburg an, also kann ich erst so um Viertel vor irgendwo in der Stadt aufschlagen. Kannst mir ja ne SMS schicken, wann es Dir passt. Schlaf Dich aus, und sag mir mindestens eine Stunde vorher Bescheid! Ich muss schließlich noch zum Bahnhof ... Andererseits will ich euch nicht von den Vertragsverhandlungen und der damit zusammenhängenden Haussuche abhalten.

Überzeuge Deine Chefin davon, dass es eine schlechte Idee ist, Dich am Freitag einzusetzen.

So, ich geh dann mal schlafen.
Bis Freitag,
angenehme Nacht,
Grüße,
Marten
P.S. Ich freue mich, wenn Du dich morgen meldest.

Kaum hatte ich das Badezimmer verlassen, piepte mein Nachrichtenmelder. Ich zog schnell meinen Pyjama über und setzte mich auf die Couch. Ha, es war Nico! Mann, der Süße war ja schneller als die Polizei erlaubte. Ich war doch nur eben

Duschen und Zähneputzen.

-------- Original-Nachricht --------
> Datum: Sun, 28 Sep 2008 22:10:31
> Von: „Nico Krohninger"
<Nico.Krohninger@polizei.hamburg.de>
> An: Marten Kruse <m.kruse@gmx.net>
> Betreff: Re: Re: Tagesgruß

Hi, Marten,

noch mal in aller Kürze … Du störst natürlich nicht bei den Vertragsverhandlungen. Näheres am Freitag. Freue mich schon riesig auf unser Treffen. Können ja dann in Ruhe quatschen. Treffen uns um achtzehn Uhr vierzig am alten Kran in Lüneburg.

Gruß,

Nico

*

Freitag, dritter Oktober. Wir schrieben das Jahr zweitausendundacht. Nervös stand ich am Kran in Lüneburg und wartete auf mein Date. Wer hätte gedacht, dass wir es tatsächlich noch hinkriegen würden. Am Montag hatte sich Nico noch mal per SMS gemeldet und den ‚Termin' am Freitag bestätigt. Nun stand ich hier und guckte aufs Wasser. Vor mir planschten zwei Enten herum. Erpel, genauer gesagt. Gab es eigentlich auch schwule Enten? Eine interessante Frage, der ich unbedingt auf den Grund gehen musste - später.

Plötzlich tauchte hinter mir ein Schatten auf. Erschrocken drehte ich mich um.

Nico hatte sich von hinten angeschlichen und stand nun neben mir. „Na, gibt's da unten was umsonst?"

„Ein Rendezvous mit dem Wassermann“, entgegnete ich und stockte. Ich schaute in die wunderschönsten grünen Augen, die ich je gesehen hatte.

„Wohin gehen wir? Willst du lieber schick oder verrucht?“, grinste Nico mich an.

Mein Herz klopfte mir bis zum Hals. Mein Mund war trocken und ich hatte ein absolutes Blackout. Genau wie damals, als ich mit neunzehn ein Date mit Christopher hatte. Christopher war zwei Jahre älter als ich. Ich kannte ihn vom Judo. Wir bummelten über einen Jahrmarkt in Wilhelmsburg – nur Gott allein wusste, wie wir da hingekommen waren - als er mich fragte, ob wir nicht ein paar Pommes frites essen wollten. Ich bejahte und so gingen wir zur rollenden Frittenbude. Die Dame hinter dem Tresen fragte mich, was ich bestellen wollte. Genau in diesem Moment schaute mich Christopher mit seinen braunen Augen an und brachte mich zum Dahinschmelzen. Leider fiel mir bei seinem Anblick nicht mehr ein, was ich eigentlich wollte, also bestellte ich eine Portion Ketchup.

„Und was dazu, junger Mann?“, fragte die Bedienung geduldig.

Ich antwortete. „Mayo“, und lächelte.

Christopher strich sich nervös die lockigen Haare aus dem Auge und verschränkte die Arme vor der Brust. Nun war alles vorbei! Die Dame fragte mich erneut, was ich dazu haben wollte und ich antwortete ihr leicht gereizt.

„Na, Ketchup, natürlich.“

Die Frau grinste breit. „Dürfen es auch ein paar Pommes sein? Zum Ketchup und zur Mayo…“

Oje, ich hatte nur die Beilagen bestellt. Das machte einen Supereindruck auf Christopher. Mann, war das peinlich. Ich lächelte verlegen und nickte. Das war übrigens unser erstes und letztes Date. Naja, mit Christopher wäre es eh nichts Ernstes geworden. Zurück also zu Nico, meinem Superhelden!

Da stand er nun endlich neben mir und hatte Zeit für mich. „Verrucht, natürlich!“, entgegnete ich mit gekonntem Augenaufschlag.

„Gut, dann gehen wir ins September.“ Gemächlich schlenderten wir durch die kleinen Gassen und betraten bereits nach wenigen Minuten das Lokal.

„Komm, lass uns da in den Erker gehen“, schlug Nico vor.

Okay, gehen wir in die Kuschelecke, du wilder Hengst. Gott, hatte er einen knackigen Hintern. Die Uniform stand ihm schon gut, aber diese Jeans war der Renner!

Wir setzten uns einander gegenüber, hatten aber leichten Kniekontakt – und das die ganze Zeit über. Er zog sein Knie kein einziges Mal weg, im Gegenteil, sein Bein ruhte an meinem durchtrainierten Oberschenkel.

Wir bestellten uns jeder ein großes Bier und unterhielten uns – natürlich – zuerst über unseren Beruf. So hatten wir ein gemeinsames Gesprächsthema, zu dem wir beide etwas beizutragen hatten.

„Und wo bist du zur Schule gegangen? Kommst du aus Hamburg?“

Ich verneinte. „Ich bin in Wilhelmshaven aufgewachsen. Meine Familie wohnt noch dort. Sogar meine Schwester hat es nach ihrem Jurastudium wieder dorthin verschlagen. Sie ist verheiratet und hat zwei süße Kinder.“

„Ich komme auch nicht aus Hamburg. Deshalb war ich ja auch in Versmold. Ich bin da zur Grundschule und auf die Realschule gegangen. Danach Bund und Polizeischule. Das ist mittlerweile aber auch schon wieder acht Jahre her.“

„Ich war auf dem Gymnasium, dann Zivildienst und anschließend mein Jurastudium. Danach habe ich zwei Jahre als Assessor gearbeitet und bin jetzt seit fast vier Jahren Staatsanwalt.“

„Dann hattest du wohl ein ziemlich gutes Examen, was?“

„Na ja, es war gut genug, um gleich bei der Staatsmacht anfangen zu können“, grinste ich.

Nico erzählte noch, dass er in der zehnten Klasse kurz vor den Abschlussprüfungen mit einem Kumpel nach Frankreich geflüchtet war, aber dann doch von ihm bekehrt wurde und die Prüfungen letztendlich geschrieben und bestanden hatte.

„Ich leide unter Prüfungsängsten“, gestand er zähneknirschend. „Mittlerweile geht’s, aber ich bin nicht scharf auf weitere Prüfungen.“

„Kann ich gut verstehen. Obwohl ich glaube, dass du alles schaffst.“ Ich verstärkte den Kniekontakt.

Nervös begann Nico mit seinem Bein zu wackeln, ohne es allerdings zurückzuziehen.

„Und was macht die Haussuche?“, wagte ich mich schließlich vor.

„Oh das! Das geht gut voran. Anke, meine Freundin, also die, die mit mir am Bahnhof war, als wir uns trafen, steht ja mehr auf pompöse Häuser, aber ich will lieber ein schlichtes.“

Paukendreck und Donnerschlag! Ich glaube, ich habe mich verhört! Er hatte was? Mit wem kaufte er ein Haus? Wo war meine schöne Theorie, die ich mit Jürgen aufgestellt hatte, dass Nico einen Mitbewohner oder eine schrullige Oma hatte, die mit ihm ein Haus kaufen wollte? Die Version hatte mir deutlich besser gefallen. Gott, wenn Nico seine Freundin wie eine Fremde behandelte, wie ging er dann mit seinen Feinden um? Ich schluckte. Ich glaube, ich brauche noch ein Bier. Ich bestellte uns noch zwei Bier und versuchte mein Gehirn damit zu kühlen – man könnte auch sagen, zu ertränken – um keinen klaren Gedanken mehr fassen zu können. Er hatte eine Freundin! Ich war fassungslos.

Plötzlich berührte mich Nico mit seiner Hand. „Alles okay?“

Ich nickte und schluckte das Bier hinunter. Ich glaube, ich brauche was Stärkeres. ‘N Schnaps oder so. Ich räusperte mich. Marten, du musst jetzt tapfer sein, sprach ich mir Mut zu. „Und, wie habt ihr euch kennengelernt?“, fragte ich ihn mit etwas zu hoher Stimmlage.

„Wir haben uns vor acht Jahren an der Polizeiakademie kennengelernt. Eigentlich bin ich gar nicht ihr Typ und sie nicht meiner.“

Aha! Ist ja ‘ne tolle Basis für ‘ne Beziehung!

„Wir sind dann während der Ausbildung zusammengezogen, um Geld zu sparen. Als Freunde sozusagen. Naja, irgendwie ist es dann halt passiert. Wir landeten im Bett und sind seitdem zusammen. Ist nix aufregendes, aber man arrangiert sich. Wir haben uns vorgenommen, mit dreißig unser Haus zu haben und wenigstens ein oder zwei Kinder. Daran arbeiten wir zurzeit – am Kind meine ich."

Wieso gab es kein Erdbeben, wenn man es brauchte? Ich wünschte, ich wäre Rumpelstilzchen und die Erde würde sich unter mir auftun. Tat sie aber nicht! Toll, ich war Alice im Wunderland und sah zu, wie mein Kartenhaus in sich zusammenstürzte. Da saß er nun, mein Traumtyp. Ruhig, süß, voll im Leben und einfach super nett. Mein Deckel, mein Salz in der Suppe, meine Hähnchenstreifen auf dem Salatteller – na gut, ich esse den Salat auch ohne Fleisch, aber mein Gott! Nico! Ich bin dein Topf! Ich kann dir zwar keine Erbsen bieten – Kinder, meine ich – aber ich biete dir ein luxuriöses, romantisches und unterhaltsames Leben!

„Na ja, wir arbeiten mittlerweile in der gleichen Schicht, damit wir uns überhaupt mal zu Gesicht bekommen. Aber eigentlich weiß kaum einer von den Kollegen von uns. Daher hast du am Bahnhof auch nix gemerkt."

„Ja, stimmt", lächelte ich tapfer.

Nico erzählte mir noch von irgendeinem Fall, der ihn über eine Woche lang beschäftigt hatte und plötzlich sah er mir in die Augen und lächelte. „So, genug berufliches. Wieso hast du mich am Bahnhof eigentlich ignoriert?"

Waaaas! Ich ihn? Nee, mein Schatz, das habe ich nicht. „Das war wohl eher anders herum", lachte ich auf. „Ich wollte *dich* grüßen, aber du hast immer weggeguckt."

„Kann gar nicht sein. Ich hatte dir zugewinkt, aber du hast gar nicht reagiert."

„Echt? Das muss ich übersehen haben. Und ich dachte, du hast mich gar nicht gesehen oder wolltest nicht mit mir quatschen."

„Machst du Witze? Natürlich wollte ich. Ich hing doch schon bei deinem Plädoyer im Gerichtssaal an deinen Lippen."

Du hingst was? Ey Mann, bist du nun hetero, bi oder schwul? Kannst du dich mal entscheiden? Ich war verwirrt – und das lag nicht am Alkohol.

Verlegen räusperte ich mich. Was sollte ich darauf antworten? „Äh, tja … ich weiß gar nicht, was ich sagen soll."

„Macht nix. Kommen wir zum interessanten Teil des Abends. Hast du eine Freundin?"

Die Frage kam so unerwartet, dass ich fast losprusten musste. Sah ich etwa hetero aus? Ich meine, ich legte schon Wert darauf, wie ein Mann durch die Welt zu wandeln, aber wenn man genau hinsah, musste man doch merken, dass ich anders war, oder? Abwartend sah mich Nico mit seinen bezaubernden grünen Augen an. Guter Gott! Was sage ich ihm? Ich war ratlos. Mann, Nico, ich bin *schwul*! Hast du das noch nicht bemerkt? Ich musste dringend an meinem Auftreten arbeiten. Nicht, dass ich plötzlich tuffig werden wollte, aber etwas … anders halt. Ach, ich weiß auch nicht. Nichtsdestotrotz war ich ja schließlich ein Mann!

„Ich … bin … Single. Ich habe mich vor etwa eineinhalb Jahren von Miriam getrennt. Seitdem habe ich der Frauenwelt den Rücken zugekehrt." Das war nicht gelogen! Ich hatte tatsächlich eine eineinhalbjährige Beziehung mit einer Frau gehabt. Und seitdem habe ich keinem Rock mehr hinterher geguckt – hatte ich eigentlich auch schon früher nicht, aber egal. So ein knackiger Männerarsch war halt vorzugswürdiger.

„Und warum habt ihr euch getrennt?"

„Och, äh … weil sie … eine Frau war!"

„War das nicht hart für sie?"

Hallo! Nico, jemand zu Hause? Ich habe gerade versucht, dir deutlich zu machen, dass ich vom anderen Ufer bin. Das war der berühmte Zaunpfahl, nur dass ich mit einem ganzen Zaun gewinkt habe.

„Sie wusste von Anfang an Bescheid. Daher war die Überraschung nicht allzu groß."

„Na gut. Dann hast du ja mit offenen Karten gespielt. Das ist fair!"

Es entstand eine lange Pause, in der jeder seinen eigenen Gedanken nachhing. Mein Bein fing an zu zittern. Ich musste dringend meine Sitzhaltung ändern. Aber wenn ich das tat, riskierte ich, dass ich den Kontakt zu ihm verlor. Ach, scheiß der Hund drauf! Ich räkelte mich und bestellte mir noch ein Bier. Dabei rutschte ich so unauffällig wie möglich nach oben, streckte mich und ließ mich wieder nach unten sinken. Jetzt hatten wir keinen Beinkontakt mehr.

Nico erhob sich und ging zur Toilette. Als er wiederkam, standen zwei neue Bierkrüge auf dem Tisch und er lehnte sein Knie wieder wie zufällig gegen mein Bein. Halleluja! Wie sollte man das denn aushalten? Ich verbrannte fast innerlich. Merkte der Kerl denn gar nicht, was er mit seiner Haltung anrichtete? Er war mir wirklich vom Scheitel bis zur Sohle ein absolutes Rätsel.

*

„Guten Tag, die Herrschaften! Was kann ich für Sie tun?“

Eine rundliche, blondgelockte, ältere Frau lächelte uns mit ihren roten Apfelbäckchen freundlich an. Ich fühlte mich wie in einem Wiener Café. Die Einrichtung war aus dunklem Holz, an der Decke war wunderschöner Stuck angebracht und es roch herrlich nach frisch gemahlenem Kaffee und süßen Torten. Klaus hatte uns die Konditorei empfohlen.

„Wir würden gerne eine Hochzeitstorte bestellen“, entgegnete ich. „Ihr Laden ist uns empfohlen worden.“

„Ach, das ist aber nett! Na, dann kommen Sie doch mal mit. Ihre Frauen haben Sie wohl zu Hause gelassen? Soll wohl eine Überraschung sein?“ Sie zwinkerte uns zu und reichte uns ein dickes Buch mit allerlei Vorschlägen für ein- und mehrstöckige Hochzeitstorten. Anstatt sie aufzuklären, setzten wir uns stumm lächelnd an den alten Holztisch und fingen an, darin zu blättern.

„Hier, was hältst du von dieser Torte? Schwarzwälder Kirsch mit dunkelrotem Marzipanüberzug und weißen Rosen“, schlug ich vor.

„Also nee, das geht gar nicht. Die Geschmacksrichtung ist okay, aber

die weißen Rosen auf dem dunklen Untergrund passen überhaupt nicht."

„Findest du? Na gut!" Pikiert blätterte ich weiter.

„Hier! Eine dreistöckige Schokoladencremetorte mit türkisfarbenem Marzipanüberzug und königsblauen und dunkelblauen Rosen. Das hat doch Stil!"

„Ja, finde ich auch nicht schlecht. Aber das Brautpaar passt nicht ganz ..." Grinsend schauten wir uns an.

„Wollen wir die alte Dame schocken oder sie in ihrer heilen Welt lassen?"

„Letzteres bitte!"

Die Dame kam an unseren Tisch und setzte sich auf den freien Stuhl. „Na, haben Sie schon etwas gewählt?"

„Ja, junge Frau", erwiderte ich und lächelte sie charmant an.

Beglückt hob sie ihr Haar etwas an und winkte verlegen ab. „Ach, nicht doch, Sie Charmeur! Wenn das Ihre Braut hört ..."

„Das macht nichts. Aber kommen wir zum Geschäft. Wir nehmen diese Torte Modell 9. Allerdings hätten wir gerne ein Ersatzbrautpaar aus Marzipan."

„Aber wieso das denn?", fragte sie erstaunt.

„Nun", na, los, Marten! Lass dir 'ne gute Ausrede einfallen. „Also es ist so. Ich habe eine große Familie und meine Nichte und mein Neffe stehen total auf Marzipan. Und da die beiden momentan auf dem Hochzeitstrip sind, muss ich unbedingt ein Ersatzpaar haben. Nur für alle Fälle, falls die Verzierung nicht bis Mitternacht hält."

Die alte Dame stand auf und wischte sich ihre Hände an der weißen Schürze ab. „Sicher, das verstehe ich natürlich. Gut, ich werde das notieren. Zu wann benötigen Sie die Torte?"

„Wir heiraten am neunten August. Liefern Sie sie bitte an diese Adresse." Ich reichte der netten Dame ein Kärtchen mit der Adresse unserer kleinen, bescheidenen Villa, die wir erst vor kurzem gekauft hatten. Dann verabschiedeten wir uns.

*

„Und wie ist der Abend dann zu Ende gegangen?“ Fragend blickte Jürgen mir in die Augen. Ich ließ mich in die Sofakissen sinken und atmete tief durch.

„Gut!“

„*Gut*. Was heißt *gut*?“ Ungeduldig ließ sich Jürgen auf seinen Fernsehsessel plumpsen.

„Na ja, wie ich sagte. Er war liebenswürdig, nett und erfrischend komisch. Und er war kein bisschen abgeschreckt, als ich ihm verklickert hatte, dass ich schwul bin. Ich weiß gar nicht mehr, in welchem Zusammenhang sein Angebot kam, aber er hat mir doch tatsächlich eine Matratze in seiner Wohnung angeboten. Fürs nächste Mal. Und zuvor hatte er noch betont, wie gutaussehend ich doch sei, wie charmant und witzig. Dabei war das eigentlich mein Text.“ Ich richtete mich wieder auf. „Mensch, Jürgen! Wenn du die Story so hörst, denkst du dann, dass Nico hetero ist?“

Stumm saß Jürgen neben mir und starrte auf den Boden.

„Nun sag doch auch mal was …“

„Tja“, begann er und atmete tief durch. „Für mich hört es sich so an, als wäre er absolut schwul. Kein Hetero macht einem Schwulen solche Angebote und Komplimente. Im Gegenteil, die ‚normalen‘ Jungs haben doch eher Angst vor uns und glauben, wir hätten eine ansteckende Krankheit und sobald sie uns zu nahe kommen, infizieren sie sich mit dem noch unerforschten Virus der Homosexualität.“ Verbittert lachte Jürgen auf. „Ich bin siebenundfünfzig Jahre alt und außer dir und ein paar sehr engen Freunden weiß niemand, dass ich auf Männer stehe. Ich bin seit fast dreißig Jahren Richter und hatte immer das Gefühl, ein Coming-out würde mich meinen Job kosten. Die Menschen sind nicht immer so locker mit der Homosexualität umgegangen, wie sie es heute tun. Zumindest in den alten Bundesländern stößt man immer mehr auf Verständnis und Gleichgesinnte.“

„Stimmt. Ich habe neulich erst einen Artikel über den Wandel der Zeit gelesen. Mittlerweile haben sich weitaus mehr Menschen zu ihren gleichgeschlechtlichen Gefühlen bekannt. Ich meine, hallo! Allein in zwei Großstädten sitzen Homosexuelle im höchsten Amt."

„Richtig. Aber diese Homophobie, wie die irrationale Angst vor homosexuellen Menschen genannt wird, ist durch nichts sachlich zu begründen. Wahrscheinlich trägt jeder einen gewissen Anteil der männlichen und weiblichen Seite in sich und nur bei einigen Menschen ist die Vorliebe für das eigene Geschlecht besonders ausgeprägt."

Ich schaute Jürgen an. Nach ein paar Gläsern Wein hatte er mir mal im Vertrauen gesteckt, dass er seine Homosexualität aus gesellschaftlichen Zwängen heraus nie richtig ausgelebt und erst damit angefangen hatte, seitdem er mich kannte. Vierundvierzig Jahre Versteckspiel und das Flüchten in heimliche Phantasien. Eine absolute Horrorvorstellung. Und das komische war, dass sein langjähriger Freund Klaus genauso stockschwul war wie er. Beide sind fast vierzig Jahre lang durch dick und dünn gegangen, ohne sich von ihren eigentlichen sexuellen Vorlieben zu erzählen. Da musste erst so ein junger Kerl wie ich kommen und beiden gehörig den Kopf waschen. Gott, war das ein verrückter Abend gewesen.

„Übrigens, das Buch, das du mir zum Geburtstag geschenkt hast, ist total interessant geschrieben. Wusstest du, dass die Homosexualität im Mittelalter beziehungsweise der Analverkehr von christlicher Seite her eine Sünde war, später dann wurde die sogenannte Sodomie sogar verfolgt und führte zu Hunderten von Hinrichtungen. Preußen änderte die Todesstrafe zumindest in eine Zuchthausstrafe um, aber ob du es glaubst oder nicht, der Paragraph einhundertfünfundsiebzig des Strafgesetzbuches, also die Bestrafung des gleichgeschlechtlichen Geschlechtsverkehrs, wurde erst 1969 von der Bundesrepublik Deutschland abgeschafft. Das ist der absolute Wahnsinn. Das ist gerade mal knapp *vierzig Jahre* her. Bis dahin arbeitete die Polizei mit Spitzeln und jeder, der erwischt wurde, kam auf eine Rosa Liste. Von den Gewaltakten vieler Jugendlicher und irgendwelcher Randgruppen mal ganz zu schweigen. Marten, du machst dir gar keine Vorstellung von der damaligen Zeit ... Ich konnte mich nicht outen. Die Popularität einiger Politiker, dessen Beliebtheit durch ihr

Coming-out nicht abgenommen hat, ist eine Geschichte der Neuzeit. Es gibt heute noch Länder, die Homosexuelle strafrechtlich verfolgen, in einigen islamischen Ländern werden sie sogar noch mit der Todesstrafe bedroht."

Schweigend nuckelten wir an unseren Rotweingläsern.

„Okay, lassen wir mal die Vergangenheit beiseite … bist du der Meinung, dass Nico durchaus gleichgeschlechtliche Neigungen hat, diese aber noch unbewusst sind? Oder wagt er es nur nicht, sie zuzugeben?"

Jürgen nickte. „Genau. Nico weiß nur, dass er sich zu dir hingezogen fühlt. Wenn du Glück hast, wird er im Laufe eures Zusammenseins seine Gefühle erkennen und zu ihnen stehen. Vielleicht wird er sie aber auch weiterhin leugnen und sich dem menschlichen Fortpflanzungstrieb hingeben."

*

„Hast du gesehen, wie verwirrt sie war, als wir ein Ersatzbrautpaar bestellt haben?", lachte ich beim Hinausgehen. „Mein Gott, wir hätten ihr niemals erzählen können, dass wir beide Braut und Bräutigam sind. Die Ärmste hätte sich von ihrem Schock nicht mehr erholt."

Seine grünen Augen strahlten mich an. Mein Herz machte einen verliebten Hüpfer. Zärtlich nahm ich die Hand meines Verlobten. Als nächstes liefen wir gemeinsam zu WMF, um uns ein Kaffee-Service auszusuchen, das Jürgen und Klaus uns schenken wollten. Die Hochzeitsvorbereitungen fingen an, mir richtig Spaß zu machen.

*

Heute war Samstag. Seit meinem Date mit Nico war eine ganze, lange Woche vergangen, in der ich nichts von ihm gehört hatte. Der Herbst war mit voller Wucht hereingebrochen und brachte winterliche Temperaturen mit. Ich zog meinen Schal dichter um meinen Hals und war froh, dass ich meinen dicken, schwarzen Kurzmantel vom Dachboden heruntergeholt hatte. In der Hand hielt ich eine Flasche Wein und ein paar Pralinen. Von der Bahnstation aus musste ich glücklicherweise nur fünf Minuten gehen, um zu Jürgens Wohnung zu gelangen. Bibbernd und mit roter, laufender Nase trat ich ein. Mir tränten die Augen und ich war froh, endlich im Warmen zu sein.

„Hallo, Schätzchen! Schön, dass du es doch noch geschafft hast. Komm rein!"

Jürgen nahm mir den Mantel ab und warf mir ein Luftküsschen zu. Ich putzte mir die Nase und betrat überrascht sein Wohnzimmer. Vor mir saßen Klaus, ein junger, attraktiver Mann, der mir als Kevin vorgestellt wurde, sowie vier Frauen. Seit wann hatte Jürgen weiblichen Besuch?

„Das sind Lissy, Gabi, ein *Paar*", verriet mir Jürgen leise flüsternd mit einem Augenzwinkern, „und das hier sind Patrizia und Christine, ebenfalls ein Paar." Er wies mir einen Platz auf der Couch zu und flüsterte mir im Vorbeigehen zu, das Klaus die Frauen und Kevin mitgebracht hatte.

Ich grüßte freundlich in die Runde und wusste nicht so recht, was ich hier eigentlich sollte. War das so etwas wie ein Treffen der Anonymen Homosexuellen, kurz auch AH genannt – gab es ja eigentlich gar nicht, hörte sich aber ganz cool an, oder?

Ich ließ mir ein Glas Rotwein reichen und lehnte mich – alles andere als entspannt – zurück und lächelte steif.

Jürgen setzte sich und klatschte in die Hände. „Also, ihr wundert euch sicherlich, dass wir heute alle zusammengekommen sind … Das hat einen Grund. Klaus und ich, wir dachten, wir machen mal einen *Spieleabend*. Also brauchten wir vier Männer und vier Frauen. Da dies aber nicht irgendein Spieleabend ist, haben wir nach Gleichgesinnten Ausschau gehalten." Jürgen räusperte sich.

Ich fing an zu schwitzen. Solche befremdlichen Sachen waren gar nicht nach meinem Geschmack. Ich wusste lieber von vornherein, was mich erwartete. Ich beschloss, meinen Rotwein hinunterzustürzen, um etwas lockerer zu werden. Am liebsten wäre ich natürlich sofort gegangen, aber ich wusste genau, dass Jürgen dann einen Zusammenbruch erleiden würde, der sich über Wochen hinzog. Also blieb ich brav sitzen und ertrug mein Schicksal.

„Zum Auflockern spielen wir Pantomime. Klaus und ich haben ein paar Zettel vorbereitet und wir dachten uns, wir spielen Jungs gegen Mädchen. Wie in der Schule“, fügte er grinsend hinzu.

Auch das noch!

Patrizia hob die Hand. „Also, wenn ick auch ma‘ was sagen dürfte …“

Jürgen nickte erhaben. Der Richter kam durch.

„Ick würd‘ es besser finden, wenn wa uns ers‘ ma‘ vorstellen.“ Zufrieden, dass sie ihr Anliegen rausgebracht hatte, lächelte sie in die Runde. Eine Berlinerin, na so was!

Jürgen nickte. „Prima, Patrizia! Das ist eine gute Idee. Dann fang doch gleich mal an.“

„Also jut! Ick bin die Patrizia, bin vierzich Jahre alt und seit zwanzich Jah’n mit Christine zusamm‘. Ick bin Physiotherapeutin und hab‘ meene eijene Praxis in Berlin. Klaus is‘ mein Kusäng.“ Patrizia lehnte sich zurück und nahm sich ein paar Erdnüsse.

Christine sah verwirrt in die Runde und wusste nicht recht, ob sie nun dran war. Stotternd begann sie, sich vorzustellen. „Äh … also … ich bin die Christine und wohne mit Patrizia zusammen. Hat sie ja schon gesagt. Ich komme nich‘ aus Berlin, wohne aber jetzt da. Ich bin zweiundvierzig und helfe Patrizia in der Praxis.“

„Ja, hallo … ich bin Lissy. Ich bin fünfzig und arbeite im Umweltbundesamt. Ich komme ursprünglich aus Hamburg. Bin also zurzeit zu Besuch bei meiner Schwester. Ich kenne Gabi seit meinem Studium in Berlin, also seit dreißig Jahren. Seitdem sind wir mit einigen Unterbrechungen zusammen.“ Sie lächelte und tätschelte kurz Gabis Hand.

„Ich bin Gabi, bin zweiundfünfzig und wohl die Älteste

hier in der Runde …", Gabi lachte verlegen und rubbelte sich über ihre große Nase. „Ich komme aus der Nähe von Berlin und arbeite als Architektin. Mit Lissy wohne ich seit fünfundzwanzig Jahren zusammen. Trotz der Unterbrechungen unserer Beziehung sind wir irgendwie nie auseinandergezogen." Sie hob entschuldigend die Schultern.

Nun rutschte Kevin in seinem Sessel nach vorne und strich sich durch die honigblonden Haare. Er hatte ein sehr markantes Gesicht und war sicherlich der Schwarm vieler Frauen *und* Männer! „Joa, hallo erst mal! Ich bin der Kevin. Ich bin dreißig Jahre alt, unverheiratet, Single und arbeite auch als Architekt. Da ich mein eigenes Büro erst vor zwei Jahren eröffnet habe, hatte ich bisher noch keine Zeit, mich um eine feste Beziehung zu kümmern."

Wer hätte das gedacht. Kevin sah aus wie ein normaler Hetero und sprach völlig unaffektiert. Ganz nach meinem Geschmack. Ein kleiner Seitenblick auf Klaus und Jürgen zeigte mir, dass beide äußerst fasziniert von ihm waren. Zugegeben, wenn ich Nico nicht kennengelernt hätte, würde ich mich wahrscheinlich – nein sicher – in die Schlange der Anbetenden einreihen, aber ich hatte ihn nun einmal getroffen und konnte an niemand anderen mehr denken. Ups, nun war ich dran. Wie ich diese Vorstellungsrunden hasste! Ich räusperte mich und obwohl ich das Reden vor anderen Menschen gewohnt war, klopfte mir das Herz bis zum Hals.

„Also, ich bin Marten. Single. Neunundzwanzig. Staatsanwalt." So, das war's! Hat doch prima geklappt!

Neugierig lehnte sich Kevin über die Sessellehne. „Du bist Staatsanwalt? Nee, das ist ja cool! Finde ich ja voll interessant …"

Ich lächelte bescheiden. Seine Reaktion war mir nicht fremd. Die Menschen reagierten oft so, wenn sie von meinem bedeutenden Amt hörten. Ich war ja so wichtig!

Offenbar hatte ich bei Kevin schlagartig ein paar Pluspunkte eingeheimst, denn er versuchte sofort, mit mir zu flirten. Gott, war mir das peinlich!

Klaus rutschte nervös auf seinem Platz herum. Der Abend nahm gerade eine Wendung, die er anscheinend anders geplant hatte. Er hatte sich Kevin ausgeguckt und wollte unbedingt bei ihm landen. Unter uns gesagt, ich fand Klaus war eine echt gute Partie. Und da er aussah wie Sean Connery – privat in schwuler Variante – war er trotz seines Alters nicht zu verachten.

„Tja, hallo", brummte er mit seiner tiefen Stimme und zwinkerte in die Runde. „Ich bin Klaus, bin siebenundfünfzig Jahre alt und Richter am Oberlandesgericht. Einsamer Single und für jeden jungen Mist zu haben." Dabei blinzelte er Kevin verführerisch an.

Kevins grüne Augen leuchteten erneut auf, als Klaus seinen Beruf betont langsam vorstellte. Mann, ist der Typ oberflächlich. Frei nach dem Motto ‚Kleider und Berufe machen Leute'.

Als letzter sprach Jürgen. „Hallo, ich bin Jürgen und seit vielen Jahren Zivilrichter am Landgericht. Ich bin Single, stehe allerdings eher auf den weiblichen Typ", fügte er mit einem Seitenblick auf Klaus und Kevin hinzu. „Und wie es aussieht, bin *ich* mit fast achtundfünfzig der Älteste in der Runde …" Er sprang auf und holte den kleinen Stapel Zettel, auf denen er zusammen mit Klaus mehrere Begriffe für die Pantomime aufgeschrieben hatte. Er teilte sie in zwei Haufen auf und ließ den Damen den Vortritt. Lissy stand auf und machte ein paar Handbewegungen, die eindeutig zeigten, dass sie ein Kondom meint. Innerhalb von zwei Minuten hatten die Frauen den Kondomautomaten erraten. Wie einfallsreich! Hoffentlich gab es auch ein paar anspruchsvollere Begriffe zu erraten. Ich opferte mich für die Männer und zog unseren ersten Zettel.

„Lustmord", las ich mit Schrecken. Also, nee! Das mache ich nicht. Ich mach mich doch nicht zum Idioten! Fünf Minuten später saß ich wieder schwitzend auf der Couch und fühlte mich wie ein Hampelmann. Bei Jürgens angedeutetem traurigen Gesichtsausdruck hatte ich mich des lieben Frieden willens gefügt und mitgespielt. Guter Gott! Jürgen und Klaus waren echt schon von Berufs wegen versaut. Auf jeder anderen Party wären wahrscheinlich Worte wie ‚Papageienfutter', ‚Mäusedreck' und

‚Affenzahn' gekommen, nur ich befand mich auf einer homosexuellen, juristisch verruchten Spielparty. Aus der Nummer kam ich jetzt nicht mehr raus. Nicht bei Jürgen!

Als wir endlich die Pantomime beendet hatten, atmete ich erleichtert aus. Allerdings hatte ich die Rechnung ohne Klaus und Jürgen gemacht. Die beiden hatten Nachholbedarf – immerhin vierzig Jahre – und ließen die Sau jetzt richtig raus. Es folgte doch tatsächlich das Kinderspiel ‚Wahrheit oder Pflicht'! Heute war nicht mein Tag. Mamaaaa, hol mich hier raus!

*

„Ha, die Flasche zeigt endlich auf dich, Marten!" Begeistert klatschte Jürgen in die Hände. Ich saß noch immer in Jürgens Wohnzimmer und sah den anderen beim ‚Wahrheit oder Pflicht'-Flaschendrehen zu. Seit über einer Stunde quälten sich die Anwesenden mit Fragen und blödsinnigen Aufgaben, nur ich saß auf meinem Platz, nuckelte an meinem Wein und blieb verschont. Oje, die Flasche zeigte nun doch auf mich! Jetzt war ich fällig! Tapfer wartete ich auf die Dinge, die kommen sollten.

„Wahrheit oder Pflicht?", fragte Jürgen.

„Wahrheit."

„Also gut, erzähle uns von deinem ersten Mal … mit einem Mann!"

„Sag bloß, du hast auch Erfahrungen mit 'ner Frau?", fragte Kevin fast angewidert.

Entrüstet schnaubten die anwesenden Damen.

„Äh, ja, habe ich."

Jürgen winkte ungeduldig ab. „Später, Kevin! Das war jetzt nicht die Frage. Heb sie dir auf!"

Mit leichter Schmolllippe zog sich Kevin zurück.

„Also gut", begann ich und lächelte bei dem Gedanken an Séb. „Ich war in der zehnten Klasse. Mein bester Freund Jan hatte einen Freund aus Frankreich zu Besuch. Sébastien. Er war zwei Jahre älter als ich und sah einfach umwerfend aus. Da ich mit Jan im Unterricht immer zu viel Mist gemacht hatte, saßen wir uns gegenüber und Sébastien musste auf dem freien Platz neben mir sitzen. Gott, war der süß! Na ja, ein Franzose halt, mit supersüßem Akzent. In den zwei Wochen, die er in Deutschland war, haben wir viel zusammen unternommen, auch mal ohne Jan. Das war total angenehm und irgendwie habe ich gemerkt, dass ich mich in ihn verliebt hatte."

„Und war er auch in dich verliebt?", fragte Patrizia verträumt.

Ich grinste. „Vielleicht!" Ich nahm einen Schluck Wein und ließ mir Zeit mit meiner Geschichte.

„Nun erzähl' schon weiter", drängelte Klaus ungeduldig. Er liebte romantische Geschichten.

„Okay. Er ist dann wieder zurück nach Frankreich gefahren, aber wir haben den Kontakt gehalten. Wir haben uns alle zwei Wochen geschrieben. Irgendwann sagte ich ihm, ich wünschte, ich hätte einen großen Bruder wie ihn. Seitdem schrieben wir uns als *kleiner* und *großer Bruder*."

„Ach, Gottchen! Wie süß ist das denn!", rief Klaus begeistert und fächerte sich Luft zu.

Kevin musterte ihn argwöhnisch, aber das bemerkte Klaus gar nicht.

„Im Frühjahr darauf fragte er plötzlich, ob ich ihn nicht in den Sommerferien in der Bretagne besuchen wollte."

„Natürlich wolltest du", fieberte Jürgen mit.

Ich lächelte ihn vielsagend an.

„Ja. Und meine Eltern hatten auch nichts dagegen. Ich habe mein Geld zusammengekratzt und mir für vierhundertfünfundneunzig D-Mark ein Flugticket gekauft. Das war das erste Mal, dass ich nicht mit irgendeiner Jugendgruppe weggefahren bin, sondern allein." Ich kostete die Spannung im Raum aus und trank erneut einen Schluck Wein.

„Meine Eltern haben mich von Wilhelmshaven nach Bremen gefahren, von wo aus ich mit einem kleinen Propellerflugzeug nach Paris zum Charles de Gaulle geflogen bin. Mann, war ich aufgeregt. Ich hatte in der Schule Latein gewählt und konnte daher kein Wort Französisch."

„Voulez vous couchez avec moi, ce soir", flötete Klaus plötzlich leise und grinste. Dabei wedelte er tuffig mit der Hand durch die Luft.

„Noch nicht", sagte ich trocken und hob abwehrend die Hand. „Sébastien stand mit seinem Vater am Flughafen und sah natürlich zum Anbeißen süß aus. Dunkle Haare, blaue Augen, braungebrannt."

„Mmh ...", stöhnte Klaus und guckte abwesend in die Ferne. Er war offensichtlich am Dahinschmelzen.

„Wir sind dann erst mal zu ihm nach Hause gefahren – er wohnte zehn Minuten vom Schloss Versailles entfernt – wo ich meine Koffer auspacken konnte und mit ihm und seinen Eltern Kaffee getrunken habe. Gleich am ersten Abend sind wir in den Schlossgarten gefahren und haben uns unterhalten ..."

„Wie denn, wenn du kein Wort Französisch gesprochen hast?", unterbrach mich Christine.

„Mit Zeichensprache natürlich", säuselte Klaus und kicherte.

„Liebende verstehen sich doch *immer*, *überall* auf der Welt", schmalzte nun auch noch Jürgen.

Gott, wo war ich denn hier gelandet?

„Ähm ... genau. Aber zum Glück gibt es ja auch noch die englische Sprache, nicht wahr!" Ich zwinkerte Kevin angetrunken zu. Ich hatte bereits mein drittes Glas Wein hinter mir und war dementsprechend entkrampft. Ich glaube, sonst hätte ich auch nie so viel geredet. Aber meine Zunge war gelockert, also berichtete ich weiter. „Dort haben wir uns also an der Schlossmauer unterhalten ..."

„Und den Sonnenuntergang und den Sternenhimmel genossen ... wie romantisch", unterbrach mich Klaus erneut.

„Nun lasst den armen Kerl doch ma' zu Ende erzählen", mischte sich Patrizia ein und funkelte Klaus wütend an.

Dieser hob entschuldigend die Hände. „Ist ja schon gut. Ich bin jetzt still!" Beleidigt lehnte er sich zurück.

„Ach ja, vorher hatten wir in einem Bistro noch ein Glas Baileys getrunken – das erste in meinem Leben – und irgendwann fragte ich ihn, warum er denn nicht Andrea, meine Klassenkameradin – die ebenfalls unsterblich in ihn verliebt war – eingeladen hatte. Seine Antwort war: *kannst du dir das nicht denken?* Dabei lächelte er so süß … na ja, es war ja irgendwie eindeutig."

„Ach Gottchen", schluchzte Klaus auf und winkte schnell ab, als die anderen ihm böse Blicke zuwarfen.

Grinsend fuhr ich fort. Eigentlich fand ich es ja niedlich, wie ein so gestandener Mann wie Klaus mitfieberte. „Ich meinte daraufhin, *doch, ich könne mir denken, warum.* Aber als ich ihn wiederum etwas pikste, um eine konkrete Antwort zu bekommen, machte er dicht und ich dachte *na gut, Marten. Genieß deinen Urlaub in Frankreich. Soll halt nicht sein….*" Aus den Augenwinkeln sah ich, wie Klaus sich eine Träne vom Auge tupfte. Verwirrt stutzte ich. „Bist du okay, Klaus?"

Klaus winkte ab und schniefte. „Ich will dich nicht schon wieder unterbrechen. Ist schon gut. Ich bin gar nicht da!"

Uff, ich stöhnte innerlich. Klaus war manchmal echt ein absoluter Softie.

Jürgen verdrehte die Augen und klopfte Klaus mitfühlend aufs Knie.

„Da steckt doch mehr dahinter, Klaus, oder?", mutmaßte Patrizia und betrachtete ihn argwöhnisch.

Klaus schaute auf. Bevor er jedoch was sagen konnte, brach er völlig unerwartet in Tränen aus.

„Hab ich was falsches gesagt?", fragte ich entgeistert. Klaus schüttelte den Kopf und tufftelte mit der Hand herum. Ich stand auf, um eine neue Flasche Wein zu holen. Unterdessen hockten sich Jürgen und Kevin zu Klaus und trösteten ihn. Er hatte die volle Aufmerksamkeit auf seiner Seite. Als ich wiederkam, waren die Tränen getrocknet und ich setzte mich auf meinen angewärmten Platz.

„Deine Geschichte erinnert mich so sehr an meine. Wir hatten einen belgischen Jungen zu Hause. Gilbert. Er war Austauschschüler und meine Eltern legten großen Wert darauf, dass ich ihm alles zeigte. Er war meine erste große Liebe“, schniefte Klaus. „Ich wusste schon damals, dass ich nur etwas für Männer empfand, aber es war einfach nicht die Zeit für Coming-outs. Nach zwei Wochen sind wir tatsächlich im Bett gelandet und haben sexuelle Erfahrungen ausgetauscht, aber danach schämte ich mich in Grund und Boden. Ich dachte echt, mir würde mein Ding abfaulen, weil ich etwas mit einem Mann gehabt hatte. Gilbert ist bald darauf abgereist und ich habe nie wieder von ihm gehört. Noch heute denke ich manchmal an ihn und frage mich, was wohl aus ihm geworden ist.“

Nachdenklich schaute ich zu Klaus. Er tat mir leid. Er ist in einer Zeit aufgewachsen, als Homosexualität ein absolutes Tabuthema war und sogar noch unter Strafe stand. Er musste sich gefühlt haben, wie ein Gefangener in seinem eigenen Körper.

„Dann versuchst du halt, ihn ausfindig zu machen“, schlug Christine vor.

„Genau“, sagte Gabi und reichte mir ihr Weinglas.

Ich schenkte ihr ein und füllte dann mein Glas, als alle anderen verneinten. Der Wein war vorzüglich, vollmundig und würzig im Abgang. Klingt super, oder? Ehrlich gesagt, hatte ich gar keine Ahnung von Wein, und schon gar nicht von irgendwelchen Abgängen. Aber in bestimmten Kreisen kam man gut an mit solchen Äußerungen.

„Du in deiner Position kannst doch sicherlich deine Beziehungen spielen lassen und behaupten, du suchst einen alten Freund … wegen eines Klassentreffens zum Beispiel“, empfahl Lissy. Die Frauen hatten offenbar mehr Erfahrung darin, verlorengegangene Menschen wieder zu finden. Selbst Gegenstände spürten sie auf, obwohl man sie wer-weiß-wo verbuddelt hatte. Das weiß ich noch von meiner Ex-Freundin.

„Ich helfe dir dabei“, bot Jürgen an.

Klaus schaute auf. „Wirklich? Das würdest du tun?“

„Klaus, Schätzchen! Wie lange kennen wir uns schon?“

„Fast vierzig Jahre. Oh, du bist so gut zu mir, Jürgen. Womit habe ich das nur verdient?“ Das war das Stichwort für Klaus, um wieder ein paar Tränen zu lockern.

Gott, ich hasste solche Szenen.

„Möchtet ihr, dass ich weiter erzähle, oder wollt ihr ein offenes Ende?“, fragte ich daher in die Runde. Ha, die Aufmerksamkeit lag wieder bei mir.

Klaus tupfte sich die Wangen trocken und lauschte meinen Worten mit zusammengefallenen Schultern.

„Also gut…wo waren wir stehen geblieben“, überlegte ich. „Ah, ja … Es war ungefähr drei oder vier Abende später. Wir saßen in seinem Zimmer und haben Musik gehört. Das Licht war leicht gedämpft und irgendwie waren wir total romantisiert.“

„Das Wort gibt es nicht“, schrie Patrizia dazwischen.

„Doch“, antwortete ich. „Warum denn nicht?“

„Es gibt Romantik … oder romantisch … aber romantisiert? Also nee. Wirklich nich‘!“

„Ach du und dein Faible für Grammatik. So warst du schon früher, als wir noch Kinder waren. Immer hast du alle Hausaufgaben korrigieren wollen. Du warst echt ’ne lästige Ziege“, schimpfte Klaus und starrte Patrizia wütend an.

„Bitte?“ Empört verschränkte Patrizia die Arme und blitzte ihren Cousin an. „Dein Deutsch war damals miserabel, Klaus. Sei froh, dass *ich* deine Schulaufgaben berichtigt habe. Siehst ja, was aus dir geworden ist!“

„Pah! Haste nich‘! Und wenn schon, wer von uns schreibt denn hier täglich und in höchster Qualität, Frau Ergotherapeutin … dir habe ich mein Richteramt bestimmt nicht zu verdanken“, blaffte Klaus zurück.

„Physio …, Kläuschen, Physiotherapeutin … aber das Merken fiel dir ja schon immer ein wenig schwer. Wie gut, dass die juristischen Examina vor vierzig Jahren noch wischi-waschi waren.“

„Was soll das denn jetzt wieder heißen?“, mischte sich Jürgen ein. „Wir mussten genauso für unsere Prüfungen lernen, wie die Studenten heute.“

„Das ist nich‘ wahr! Heutzutage müssen die armen Jurastudenten vierzig zusätzliche Jahre der Rechtssprechung drauf haben. Da hattet ihr das wohl etwas leichter … ick wette mit euch, ihr würdet die heutigen Prüfungen nich' mehr schaffen", konterte Patrizia.

Guter Gott! Ein Tornado! Wie ist der denn in Jürgens Wohnzimmer geprescht? Alte Familienfehden wurden auf den Tisch gepackt. Mir wurde ganz schlecht.

Abwehrend hob ich die Hände. „Okay, okay … ich schlage vor, wir gucken in einen Duden und sehen nach, ob es das Wort wirklich gibt. Jürgen, hast du einen da?"

Jürgen erhob sich und lief zum Schreibtisch. Er blätterte in seinem dicken, gelben Buch und nickte bestätigend. „Das Wort gibt es tatsächlich." Er kam zurück und setzte sich in seinen Fernsehsessel.

„Gut, dann ist das geklärt. Euer Problem gehen wir gleich an, falls noch Bedarf bestehen sollte. Und jetzt würde ich gerne das Ende meiner Geschichte loswerden, denn es ist schon spät und ich muss noch nach Hause fahren."

Alle nickten und schauten mich erwartungsvoll an.

„Also, die Atmosphäre war romantisiert", sagte ich mit einem Augenzwinkern in Patrizias Richtung. „Und da zeigte ich ihm das Spiel *Bist du schüchtern?*"

„Was soll das denn für ein merkwürdiges Spiel sein? *Bist du schüchtern?*", äffte Gabi nach und bekam einen Lachanfall. Offenbar hatte sie auch ein paar Gläschen zu viel.

Als sie sich wieder beruhigt hatte, erklärte ich, was es mit dem Spiel auf sich hatte. „Man legt seine Hand auf das Knie des Geliebten und fragt, ob er schüchtern sei. Bei ‚nein' rutscht die Hand höher, bis sie da angekommen ist, wo sie hingehört."

„Pah, Männer!", warf Christine abwertend ein.

„Wieso?", wollte ich von ihr wissen.

„Mal ehrlich, Marten! Die Hand ist da angekommen, wo sie *hingehört*? Eine Hand gehört an den Arm, bei Kälte in einen Handschuh, ansonsten nirgendwohin."

„Okay, dann drücke ich mich anders aus. Die Hand ist da angekommen, wo ich sie haben wollte. Besser?"

Christine nickte zufrieden. Mann, konnten Frauen kleinlich

sein. Alles legten sie auf die Goldwaage.

„Irgendwie kam aber keine Reaktion von ihm. Er hat sich dann auf sein Bett gelegt – auf den Bauch – und ich habe seine Schultern massiert. Als ich meinte, er könne sich auch umdrehen, erwiderte er, dass ginge leider nicht."

„Das war ja 'ne ganz harte Nuss", warf Kevin ein.

Ich nickte. „In der Tat, das war er …" Oh, ich liebte es, zweideutige Bemerkungen zu machen und andere Leute zum Nachdenken zu animieren.

„Nun erzähl schon endlich weiter …", unterbrach mich Klaus, der sich mittlerweile wieder beruhigt hatte.

„Einen Tag später sind wir mit dem TGV nach St. Malo gefahren, ins Landhaus seiner Großeltern. Die ganze Familie war anwesend. Da Sébastiens Vater Baron war, verbrachten wir unseren Sommerurlaub en Campagne. Wir hatten ein Zimmer mit zwei Betten, die wir auf meinen Vorschlag hin zusammengeschoben haben. Als ich eines Nachts auf dem Bauch lag und schlief, wachte ich plötzlich auf. Ich fühlte eine Hand an meiner rechten Kniekehle. Dann hauchte mir Séb ins Ohr *Bist du schüchtern?*"

„Oh!", stöhnte Klaus völlig entrückt, doch ich ließ mich jetzt nicht mehr unterbrechen.

Mir war, als sei es gestern gewesen. „Ich lächelte. Mais non! Aber nein, und seine Hand kam immer höher, Stück für Stück. Ich habe mich umgedreht, bin näher an ihn herangerückt und fing an, ihn zu streicheln. Naja", seufzte ich, „erst harmlos oberhalb der Decke, dann ging es unter die Decke und peu à peu tiefer und intensiver. Geküsst haben wir uns nicht – er wollte nicht …"

„Warum das denn nicht? Ich dachte, nur Prostituierte stellen sich da so an", warf Lissy entrüstet ein.

„Küssen gehört doch dazu", bestätigte Gabi und nahm Lissys Hand.

„Genau. Küssen ist doch fast das Wichtigste."

Ich sah Patrizia an. „Das ist eine weit verbreitete *Frauenmeinung*. Ihr wollt immer küssen. Das ist für euch schon das halbe Vorspiel."

„Na und? Is' doch nich' schlimm. Euch Männer bringt man ja nur in Fahrt, wenn ihr an eurem Ding berührt werdet", meldete sich Christine abfällig zu Wort.

Ich hob abwehrend die Hände. „Okay, wir haben hier ganz eindeutig zwei Lager! Ein Frauenlager und ein Männerlager. Wir wissen unsere Vorzüge zu schätzen, ihr eure. Belassen wir es dabei."

Damit waren die Damen der Schöpfung einverstanden. Prima!

„Und wie ging es weiter", fragte Klaus voller Spannung.

Ich grinste. „Ähm … das ist privat!"

„Och nee", jammerte er auf und schlug sich – sanft – auf die Schenkel. Auch Kevin machte ein enttäuschtes Gesicht.

Aber ich blieb hart. Der Rest war mein Bier.

*

Weit nach Mitternacht löste sich unsere kleine Runde auf. Ich machte mich auf den Weg zur Bahn und war ganz überrascht, als ein Auto neben mir hielt.

„Hey, Marten!" Es war Kevin. „Soll ich dich mitnehmen? Wo musst du denn hin?"

„Zur Bahn. Wobei, ich kann die paar Meter auch zu Fuß laufen. Aber danke!"

„Ach, komm schon. Ich nehme dich mit. Es ist spät und kalt. Sei kein Frosch!"

Also stieg ich ein und ließ mich nach Hause kutschieren. Zuhause angekommen stellte Kevin den Motor ab und fragte, ob er noch mit hochkommen könnte. Eigentlich war mir gar nicht danach zumute. Ich hätte mir eher gewünscht, dass Nico jetzt an seiner Stelle da säße, aber das behielt ich vorerst für mich. Zähneknirschend nahm ich ihn mit nach oben. Ich bot ihm einen Kaffee an, trank aber selbst nur noch ein Mineralwasser. Als er eindeutige Bemerkungen fallen ließ, die sein Interesse bekundeten, ließ ich ihn charmant abblitzen. Mein Herz war vergeben.

*

Drei Tage später saß ich in meinem bescheidenen Büro und arbeitete an einer dicken Akte, als es sachte an die Tür klopfte. „Herein!"

„Guten Tag, sind Sie Staatsanwalt Kruse?" Eine junge Frau stand vor mir und wirkte total eingeschüchtert.

Als ich nickte, nahm sie ihre Sonnenbrille ab und offenbarte ein heftig blaues Auge.

„Ach, du meine Güte! Was ist denn mit Ihnen passiert?"

Ich lief um meinen Schreibtisch herum und führte die junge Frau zu einem Stuhl.

„Das war ...", unerwartet fing sie an zu schluchzen. Ich hasste solche Situationen, ich hasste meinen Job, manchmal. Das Leid anderer zu ertragen, war nicht mein Ding. Und trösten auch nicht. Zumindest nicht Wildfremde.

„Was kann ich für Sie tun?", fragte ich behutsam.

Sie schniefte und ich reichte ihr ein Taschentuch. Sie putzte sich geräuschvoll die Nase und lächelte mich dann schwach an. „Also, es ist so ...", begann sie leise, „nächste Woche ist der Prozess meines Mannes ... er war im Sommer an einer Schlägerei beteiligt, wobei ein junger Mann sein Augenlicht verlor und ein weiterer getötet wurde. Sie haben mich als Zeugin geladen und bisher hatte ich auch nicht ausgesagt, aber seit ein paar Wochen, seitdem mein Mann mit diesen komischen Typen abhängt, ist er noch brutaler geworden und hat angefangen, die Kinder und mich zu schlagen. Er setzt mich unter Druck, dass ich auf keinen Fall vor Gericht gegen ihn aussagen darf."

„Wie heißen Sie denn?"

„Maria ... Maria Schlichtweg-Dünn."

Ach, du gute Güte! Wie konnte man denn solch einen

Doppelnamen wählen? Die Frau musste bei der Eheschließung geistig umnachtet gewesen sein. Ich lächelte sie freundlich an und ging um den Schreibtisch herum. Auf Anhieb zog ich die richtige Akte heraus und überflog den Vorfall. Stirnrunzelnd blickte ich sie an.

„Ähm … Frau Schlichtweg-Dünn! So, wie ich das sehe, haben Sie vor der Polizei ausgesagt, dass Ihr Mann bei Ihnen zu Hause und nicht in der Kneipe war. Allerdings habe ich mir auch notiert, dass Sie sich in Widersprüche verstrickt hatten. Auch der Kollege von der Polizei geht von einer Lüge aus. Immerhin gibt es sechs Augenzeugen, die ihren Mann gesehen haben wollen. Möchten Sie mir noch etwas mitteilen? Bedenken Sie aber bitte, dass Sie als Ehefrau des Angeklagten keine Aussage machen müssen. Sie müssen weder ihn noch sich selbst belasten. Und alles, was Sie mir sagen, kann ich vor Gericht verwenden."

Ihre Schultern sackten in sich zusammen. „Ich weiß! Aber ich will aussagen. Es ist nur …"

„Was?", fragte ich freundlich und geduldig nach.

„Er hat mir gedroht … wenn ich gegen ihn aussage, wird er mir die Kinder wegnehmen … oder schlimmeres." Entmutigt ließ Frau Schlichtweg-Dünn den Kopf hängen.

„Das kann Ihr Mann gar nicht. Leider ist das ein beliebtes Drohmittel. Sie sind die Mutter und in Deutschland zählt das glücklicherweise noch was. Sie müssen sich schon einiges zu Schulden kommen lassen, bevor man Ihnen die Kinder wegnimmt. Und Ihr Mann kann das schon gar nicht. Machen Sie sich keine Sorgen!" Ich nahm mir einen Stift zur Hand und machte mir Notizen. „Wo befindet sich Ihr Mann jetzt?"

„Zuhause. Er ist seit ein paar Monaten arbeitslos. Trunkenheit am Arbeitsplatz. Leider hat er noch nichts Neues gefunden. Bevor er diese Typen aus der Nachbarschaft kennengelernt hatte, war er eigentlich ganz nett und anständig. Aber seitdem trinkt er nur noch und schlägt abwechselnd die Kinder und mich."

„Das müssen Sie sich nicht gefallen lassen. Wenn Sie wollen, rufe ich gleich mal beim zuständigen Polizeikommissariat an.

Die werden Ihren Mann abholen und in Gewahrsam nehmen. Nach dem Gewaltschutzgesetz können Sie Ihren Mann sogar bis zu zwanzig Tage von Ihrer Wohnung wegweisen lassen. Sie müssen seine Gewaltakte nicht ertragen und Ihre Kinder schon gar nicht. Sie haben auch die Möglichkeit, mit Ihren Kindern in ein Frauenhaus zu gehen. Die Adressen sind absolut anonym, nicht einmal die Polizisten wissen, wo sich diese befinden. Ihr Mann wird Sie daher nicht aufspüren können."

Schüchtern nickte Frau Schlichtweg-Dünn. Ich griff zum Telefonhörer und schilderte dem zuständigen Polizisten die Situation. Nach meinem Telefonat erklärte mir Frau Schlichtweg-Dünn, dass ihr Mann an der Schlägerei beteiligt gewesen war, laut seiner vertraulichen Aussage aber niemanden schwer verletzt oder gar getötet hatte.

„Tja, Frau Schlichtweg-Dünn, das ist gut, dass Sie mir das sagen. Allerdings lässt das Gesetz hier leider keine Ausnahme zu. Wer sich an einer Schlägerei beteiligt, braucht nicht einmal Vorsatz für die Folgen, geschweige denn, dass er es selbst getan haben muss. Er wird als Beteiligter genauso für den Tod und den Verlust des Sehvermögens verantwortlich gemacht, wie derjenige oder diejenigen, die das verursacht haben. Der Gesetzgeber will die Gefährlichkeit an solchen Ausschreitungen betonen und bestrafen."

„Wird er ins Gefängnis kommen?", fragte Frau Schlichtweg-Dünn fast ängstlich.

Ich öffnete die Akte erneut und sah, dass Herr Schlichtweg bereits einige Gewaltdelikte auf dem Kasten hatte. „Ich weiß es nicht, Frau Schlichtweg-Dünn. Bei seinem Vorstrafenregister ist das durchaus möglich. Wenn ich den Fall vor Gericht vertrete, dann werde ich auf jeden Fall eine Freiheitsstrafe ohne Bewährung fordern. Aber das liegt natürlich letztendlich nicht in meiner Hand."

„Sind Sie denn nächste Woche gar nicht vor Gericht?"

„Das wird mein Chef entscheiden. Manchmal wird die Akte kurzfristig an einen Kollegen weitergereicht."

„Warum?" Ratlos sah mich die dünne, geschundene Frau

an. Ich zuckte mit den Schultern.

„Ich habe keine Ahnung, warum sich die Staatsanwaltschaft für diesen Weg entschieden hat. Ich selbst bin auch kein Fan von diesem System, unter uns gesagt."

Die Frau nickte und erhob sich. Mit einem weichen, schweißnassen Händedruck verabschiedete sie sich. Ich verließ hinter ihr mein Büro, schloss ab und ging mir die Hände waschen. Danach arbeitete ich nur noch drei Akten durch und begab mich dann nach Hause. Ich war mit Julia verabredet und wollte nicht zu spät kommen.

Ich war gerade drin und hatte mich umgezogen, da klingelte es auch schon an meiner Tür.

„Hi, Julia! Schön, dass du auf 'n Kaffee vorbeischaust." Julia überreichte mir ihre kleine Tochter Marie und zog sich die Jacke aus. Dann folgte sie mir ins Wohnzimmer. Ich hatte bereits Maries Lieblingskekse hingestellt und bot ihr sogleich einen an. Freudig grinsend offenbarte sie mir ihre beiden Wangengrübchen und grabschte nach dem Keks. Während die Hälfte davon mit Speichel aufgeweicht auf meinem echten Perserteppich landete, schenkte ich Julia eine Tasse Tee ein. Sie trank keinen Kaffee. Kaum hatte sie sich hingesetzt, als sie auch schon wieder hektisch aufsprang und den Keksmatsch vom Teppich kratzte.

„'Tschuldigung, Marten! Ist gleich wieder weg."

„Ach was, macht nix. Marie darf das ... Ist übrigens die einzige Lady, die das darf", fügte ich mit einem charmanten Lächeln hinzu.

Julia feixte. „An dir ist wirklich ein Papa verloren gegangen. Du solltest es dir vielleicht doch noch mal überlegen und Kinder kriegen. Du kennst doch sicherlich auch ein paar Lesben, die für eine Samenspende und einen Papa empfänglich sind."

„Nee, lass nur. Ich bleibe lieber Patenonkel. Oder ich warte, bis Nico zwei Kinder gezeugt hat."

„Du könntest auch ein paar Kinder adoptieren."

„Genau, das ist 'ne gute Idee! Aber erst brauche ich einen Mann an meiner Seite."

Wir quatschten noch eine ganze Weile, bis Marie quengelig

wurde und sich Julia mit ihr verabschiedete, um sie zu Hause ins Bett zu legen.

Ich griff unterdessen zum Telefonhörer. Heute war Mittwoch und ich hatte mir fest vorgenommen, Nico anzurufen. Ich wählte seine Handynummer.

„Krohninger!"

Gott, diese männliche Stimme! „Hi, Nico! Hier ist Marten. Wie geht es dir?"

„Hey, Marten! Das ist aber nett, dass du anrufst. Aber übers Handy ist das doch viel zu teuer. Ich gebe dir mal eben meine Festnetznummer oder du mir deine. Egal."

Er gab mir seine und ich rief ihn zu Hause an. Bei seiner Anke! Anke, nein danke! Das reimte sich – ist ja lustig. Ich sollte Dichter werden, auch wenn es keinen Sinn ergab.

„Na, und was macht die Haussuche?", fragte ich Nico, sobald er am Apparat war.

„Wir waren heute in Hamburg und haben uns mit einem Finanzmakler getroffen. Der hat uns gleich unmissverständlich klargemacht, dass wir bessere Chancen und einen niedrigeren Zinssatz bekommen, wenn wir verheiratet sind. Daher haben wir uns gleich einen Termin für die Trauung geben lassen. Müssen nur noch ein paar Papiere zusammentragen. Der Rest ist Formsache."

Ich schluckte. Oje, Traumprinz adé!

„Schön!", lächelte ich tapfer. Mehr fiel mir dazu nicht ein.

„Und, wie sieht's mit dir aus. Wann heiratest du?"

Hä? Habe ich irgendwas nicht mitgekriegt? Ich dachte, ich hätte ihm bei unserem Treffen deutlich gemacht, dass ich schwul war. Ist mir wohl misslungen!

„Ich werde wohl eher nicht heiraten. Ist ja in Deutschland verboten. Ich kann nur eine Lebenspartnerschaft eintragen lassen."

„Wieso das denn?"

Hallo Nico! Jemand zu Hause? Du lebst wohl auf dem Mond und nicht in Lüneburg, was?

„Ähm, na ja. Ich kann mit Frauen sexuell nichts anfangen",

erwiderte ich vorsichtig.

Bis zu diesem Zeitpunkt hatte ich im Hintergrund immer das leise Stimmengewirr seiner Freundin gehört. Jetzt war es plötzlich mucksmäuschenstill. Er musste den Raum gewechselt haben. Und mit einem Mal war er wie ausgewechselt. Er stellte mir eine Frage nach der nächsten und quetschte mich aus wie einen Schwamm.

„Echt? Und wie war dein Coming-out? Hattest du nicht gesagt, du warst mit einer Miriam zusammen?"

„Stimmt. War ich. Aber Miriam wusste von Anfang an, dass ich auch auf Männer stand."

„Und woher? Hast du ihr das gesagt?"

„Brauchte ich gar nicht. Als ich sie kennengelernt habe, war ich gerade mit einem Mann zusammen."

„Krass!" Nico räusperte sich. „Und wie ist das bei dir beruflich?"

„Hm, eigentlich kein Problem. Ich mache kein Geheimnis draus. Klar, ich laufe nicht überall herum und erzähle jedem, dass ich schwul bin. Aber heutzutage ist das kein Tabu mehr. Bei den Juristen gibt es viele Homosexuelle. Es ist akzeptiert. Wohingegen ich denke, dass es in anderen Berufen, wie beim Bund, bei der Feuerwehr oder Polizei doch noch problematischer ist. Weniger toleriert."

„Da könntest du recht haben", stimmte mir Nico nachdenklich zu. „Und seit wann weißt du es?"

„Eigentlich schon immer. Andererseits habe ich immer davon geträumt, irgendwann ein eigenes Haus, eine Frau, drei bis fünf Kinder und einen Hund zu haben. The American Dream!"

Nico lachte leise. „Ja …"

„Es gibt aber auch ganz viele Männer, die sich ihre Neigungen erst viel später eingestehen. Mein Patenonkel zum Beispiel war verheiratet und hat zwei Kinder. Mit fünfunddreißig hat er sich scheiden lassen und lebt jetzt mit einem festen Partner zusammen. Und Justus, ein Studienfreund genauso. Hat geheiratet, Kinder gekriegt und ist jetzt glücklich geschieden. Auch in festen männlichen Händen."

„Hm! Und du hast keine negativen Erfahrungen gemacht?"

„Nee … hey, wir leben im einundzwanzigsten Jahrhundert. Hamburg ist eine Großstadt. Die Menschen hier sind tolerant. Ich möchte mich auch, ehrlich gesagt, nicht verstecken. Wer damit nicht klarkommt, dass ich schwul bin, der hat Pech gehabt."

Nico sagte nichts dazu. Ich konnte förmlich spüren, wie es in seinem Kopf arbeitete.

„Ich weiß, dass es viel Heteros gibt, die mit Homosexuellen nicht klarkommen. Aber im Grunde genommen haben die nur Angst vor ihren eigenen Gefühlen. Laut einiger Biologen und Psychologen hat sogar jeder Mensch einen gewissen Grad an gleichgeschlechtlichen Neigungen. Mein Kumpel Christian aus Schultagen, hetero, war mal mit mir in einer Schwulendisco. Der ist mit dem Arsch an der Wand entlang gerobbt, weil er Angst hatte, dass man ihn vergewohlferkeln würde."

„Und? Ist es nicht so?"

„Ach Quatsch! Alles Ammenmärchen. Wenn man von einem Mann angebaggert wird, dann kann man auch ganz einfach ablehnen."

„Was hat denn deine Familie dazu gesagt?", bohrte Nico weiter.

Ich schmunzelte. „Meine Mutter hatte so etwas schon vermutet. Und als ich es meinem Vater erzählt habe, war der total ruhig und hat eher interessiert nachgefragt."

„Was denn zum Beispiel?"

„Was ich an Männern besser finde."

„Und was wäre das?"

„Ehrlich gesagt, wissen Männer besser Bescheid über die Bedürfnisse eines Mannes. Sie sind in vielerlei Hinsicht beim Sex nicht so distanziert wie eine Frau."

„Was kann denn ein Mann, was eine Frau nicht kann?"

Ich musste unwillkürlich grinsen. Das Gleiche hatte mich Julia auch schon mal gefragt. „Willst du es wirklich wissen?"

„Ja!"

Also gut, Marten! Nimm ihm die Ängste, aber sei nicht zu

schonungslos. Er ist ein verschüchterter Neulingshase, der zum ersten Mal aufs freie Feld gelassen wird. „Ein Mann ist besser beim Blasen. Hingebungsvoller. Eine Freundin hat mal zu mir gesagt, sie mag es halt nicht immer, weil ihr Mann auch mal zu sehr nach Penis riecht und es Tage gebe, da hat sie keinen Bock drauf. Es ist halt doch ein anderes Geschlecht und ein fremder Geruch. Ich glaube, Männer haben ein anderes Interesse am männlichen Körper. Als würdest du dein Spiegelbild liebkosen. Es ist purer Narzissmus. Und mal Hand aufs Herz, Nico! Hast du schon mal eine Frau erlebt, die ausschließlich den Körper des Mannes befriedigt, ohne dabei an sich selbst zu denken? Ein Mann kann das."

„Eine Frau nicht. Das liegt sicher daran, dass sie sich fortpflanzen muss. Wenn sie einen Orgasmus hat, gelingt die Fortpflanzung besser, weil die Spermien besser eindringen können. Hab ich mal gelesen", fügte er schnell hinzu.

Aha!

„Und wie lernst du Männer kennen? Ich meine, woher weißt du, dass der andere auch schwul ist?" Nico atmete schwer. Er war absolut angestrengt und wissbegierig.

„Ich würde sagen, ich habe mittlerweile ein gutes Gespür dafür. Ich komme ins Gespräch und schätze mein Gegenüber ab. Es gibt da so ein paar sichere Zeichen ..."

„Welche denn?", wollte Nico wissen. Die Luft knisterte zwischen uns – oder war das die schlechte Verbindung?

„Zum Beispiel langer Augenkontakt", so wie du mich in der Bahn ununterbrochen angeschaut hast, „schnelles, positives Reagieren auf Einladungen", so wie du in der Bahn, „und Heteros bringen ganz schnell ihre Frauen oder Freundinnen ins Spiel, wenn sie merken, dass sie angebaggert werden." Das, was du nicht getan hast. Ich meine, hallo! Danke-Anke stand genau hinter ihm, während ich mit ihm gesprochen habe. Die ganze Bahnfahrt über hatte sie keinen Mucks von sich gegeben und Nico hatte sie mit keiner einzigen Silbe ins Spiel gebracht.

„Na ja, Partner nehmen ja auch viel Platz im Leben ein ...", erwiderte Nico.

„Bingo! Genau. Und deshalb stellen viele gleich die Fronten klar."

„Und wie siehst du das mit Kindern?"

„Ich bleibe wohl oder übel nur Patenonkel. Männer können ja schlecht Kinder mit Männern zeugen. So weit ist die Menschheit noch nicht."

„Würdest du Kinder adoptieren?"

„Ja, mit dem richtigen Partner an meiner Seite. Ich mag Kinder." Stille.

„Warum ich dich eigentlich angerufen hatte, Nico …"

„Ja?"

„Ich bin morgen beruflich in Lüneburg und wollte fragen, ob du nicht Lust und Zeit hast für ein kleines Mittagessen?"

„Super Idee. Ich habe zwar heute noch Nachtschicht, aber das macht nix."

„Oh nee. Wenn du heute Nachtschicht hast, bist du morgen gegen zwölf Uhr noch nicht wach. Ich will nicht, dass du wegen mir auf deinen Schlaf verzichtest."

„Das macht mir wirklich nichts aus", widersprach Nico, doch ich blieb standhaft. Stattdessen schlug ich ihm vor, am Samstag gemeinsam zu einer Juristenparty zu gehen.

„Ich spreche mal mit Anke, ob sie schon was vor hat. Sonst komme ich gerne mit. Wollen wir uns vielleicht nächste Woche treffen? Anke ist dann nicht da."

In deiner Wohnung mit deiner angepriesenen Matratze? Gerne doch!

„Ja, super! Ich könnte am Montag, Dienstag und Mittwoch."

„Wann denn nun? Montag, Dienstag oder Mittwoch?"

„Montag, Dienstag *und* Mittwoch. Also nur, wenn du kannst oder willst", erwiderte ich verlegen.

Nico lachte. „Na, über das Wollen-Stadion sind wir doch schon hinaus. Dann treffen wir uns am Dienstagnachmittag um halb fünf, okay? Ich muss allerdings um neun zur Nachtschicht."

Wie soll ich das denn jetzt verstehen? Gehst du auf Nummer sicher? Mal gucken, ob der gute Marten verspricht, was er an

Eindruck letztes Mal hinterlassen hat … aber der Keuschheitsgürtel der Nachtschicht wird trotzdem angeschnallt? Na gut! Ich nehme lieber den Spatz in der Hand, als die Taube auf dem Dach. Meine Oma hat immer gesagt: Kind, übe dich in Bescheidenheit! Das tue ich dann mal, Oma.

„Okay, dann wünsche ich dir noch einen schönen Tag, einen schöne Woche und vielleicht bis Samstag“, leitete ich die Verabschiedung ein. Ich merkte, wie Nico herumdruckste. Es fiel ihm offensichtlich schwer, das Telefonat zu beenden. Wie süß! „Ich muss mir jetzt unbedingt was zu essen holen. Du rufst an wegen Samstag, okay?“

„Okay“, versprach Nico.

Schweren Herzens legte ich den Hörer auf und ging in die Küche.

Später am Abend fiel mir schreckensheiß ein, dass ich Jürgens dreißigjähriges Dienstjubiläum vergessen hatte. Guter Gott! Ich schreibe lieber noch schnell eine SMS, bevor ich ins Bett gehe. Er hat sicher den ganzen Tag auf meinen Anruf gewartet und gehofft, dass wir uns treffen. Und ich hab‘s verpatzt.

Hi, Jürgen,
herzlichen Glückwunsch zum 30jährigen Dienstjubiläum. Sorry, dass ich mich erst jetzt melde. Habs total verschlafen. Mach‘ ich morgen bei ‘ner Tasse Kaffee wieder gut, okay?
LG, M.

Hi Marten
(Oh, das fängt ja schon mal schlecht an! Er ist sauer!)
Mein Tag ist versaut. Habe den ganzen Tag auf Deinen Anruf gewartet. Dachte, wir treffen uns und feiern.
G, J.

Okay, Marten. Jetzt musst du was wieder gutmachen. Bisher hatte ich immer gedacht, wir seien ‚nur‘ gute Freunde. Ich meine, hey, auch Schwule können einfach nur so platonisch miteinander befreundet sein, oder? Immerhin gab es auch ganz normale Freundschaften zwischen Heteros!

Anscheinend spielte ich eine größere Rolle in Jürgens Leben als ich dachte. Mann, war ich gefrustet. Jetzt hatte ich noch ein Problem an der Backe.

Tut mir leid, dass ich es nicht geschafft habe. Lass uns morgen treffen.
LG, Marten

Café Schöne Aussichten, 16.00 Uhr. Warte dort auf dich!
G, J.

Werde da sein! Versprochen.
LG, M.

*

Müde und erschöpft packte ich meine Sachen ein und stürmte aus dem Gerichtssaal. Die Verhandlung hatte länger gedauert, als geplant und so war es mittlerweile sechzehn Uhr. Treffpunktzeit mit Jürgen. Na toll! So schnell mich meine untrainierten Füße trugen – ich muss unbedingt mal wieder in den Fitnessclub und was für meinen Body tun! – lief ich zur Bahn. Unterwegs kramte ich mein Handy heraus und tippte eine Nachricht für Jürgen, dass ich mich verspätete.

Als ich um halb fünf endlich das Café Schöne Aussichten an der Alster betrat, saß Jürgen mit versteinerter Miene an einem der hinteren Tische und starrte aus dem Fenster. Ich hasste solche problembeladenen Situationen. Da unterschied ich mich wohl kaum von anderen Männern.

„Hallo, Jürgen! Tut mir leid, im Gericht war die Hölle los. Die Verhandlung war nur für eine Stunde angesetzt und hat sich dann über drei Stunden hingezogen. Aber das kennst du ja. Steckt man nich‘ drin.“

Jürgen wandte den Kopf und schaute mich mit seinen traurigen Dackelaugen an. „Ich bin dir nicht wichtig!“

Guter Gott, hieß es nicht, ‚wenn du denkst, schlimmer kommt es nicht mehr, kommt von irgendwo ein Lichtlein her‘? Es war dunkel. Stockdunkel. Vielleicht hätte ich mich heute doch lieber mit Nico treffen sollen. Das wäre erbaulicher gewesen als das hier. Aber gut, nun müssen wir wohl da durch, mein Magen und ich. Tapfer lächelte ich ihn an. Junge, du weißt gar nicht, wie viel Überwindung du mich gerade kostest. Normalerweise würde ich aufstehen und gehen.

„Nun ist aber mal gut, Jürgen! Gestern hatte ich viel zu tun und heute kam ich nicht eher weg. Kein Beinbruch. Hast du schon was bestellt?“

Jürgen zeigte wortlos auf seine leere Kaffeetasse. Ich nahm mir die Getränkekarte vom Nachbartisch und überflog sie.

Eine junge Frau kam lächelnd auf mich zu. „Was darf ich dir bringen?“, flötete sie.

„Einen Cappuccino, einen Café Latte für meinen Freund und zwei Stück heißen Apfelkuchen mit viel Schlagsahne und Schokoladensoße.“

„Willst du mich umbringen?“, fragte Jürgen, als die Bedienung davon gerauscht war.

„Wieso?“

„Na, der Café Latte ist nur in halben Literkannen zu haben und dazu noch so eine dicke Kalorienbombe.“

Ich lachte. „Also, Jürgen! Das kannst du dir doch wohl erlauben. Bist doch schlank und rank.“

„Das schon, aber älteren Semesters. Meine Cholesterinwerte sind am explodieren. Nach der Portion kannst du mich mit einem Herzinfarkt einweisen lassen.“

„Nun übertreib mal nicht. Du solltest vielleicht wieder mehr Sport machen und unter Leute kommen. Würde dir ganz gut tun.“

„Ach, das sagt ja der Richtige. Wann warst du denn das letzte Mal beim Bodyforming im Fitnessclub? Dein piekfeiner Schuppen kostet dich ja immerhin ‘ne ganz schöne Stange Geld.“

„Ich weiß. Ich habe mir fest vorgenommen, wieder öfters hinzugehen. Gleich morgen fange ich damit an. Könnte dir auch nicht schaden. Kannst ja mitkommen. Man kann immer mal einen Freund mitnehmen."

„Dafür bin ich zu alt."

„Ach! Bist du das?", schmunzelte ich. „Aber zum Schmollen bist du nicht zu alt, ja? Ich meine, ich kann ja verstehen, dass du enttäuscht bist, weil ich dein Jubiläum vergessen habe, aber das ist kein Grund, sich wie ein dreijähriges Kind zu verhalten. Mein Neffe hat mehr Anstand als du." Unsicher sah ich Jürgen an. War ich zu weit gegangen? Manchmal musste man Jürgen – einen dreißigjährig tätigen gestandenen Richter – mit Samthandschuhen anfassen.

Plötzlich nickte er und zeigte ein klitzekleines Lächeln. „Hast ja recht! Na, dann lass uns deine Kalorienbombe verschlingen, bevor sie kalt wird."

Die Bedienung setzte uns zwei extra große Portionen vor. Hungrig stürzte ich den leckeren Kuchen hinunter und strich mir danach satt über den Waschbrettbauch – naja, er hatte etwas abgenommen in letzter Zeit. Bloß gut, dass er unbehaart war. Ein Bärenbauch ohne Muskeln machte sich nicht besonders gut. Andererseits würde ich mit Nico eh nicht so schnell im Bett – oder auf seiner Matratze – landen, daher konnte ich ab morgen noch ganz viel trainieren. Der Rest des Nachmittages verlief ruhig und amüsant. Wir quatschten noch eine Weile über dies und jenes und machten uns dann auf den Heimweg.

*

Mit leicht unsicherem Gefühl betrat ich meinen Nobel-Fitnessclub, für den ich pro Monat immerhin schlappe einhundert Euro hinblätterte. Ich glaube, für Frauen lohnte sich das Angebot mehr als für Männer. Nicht, dass ich nicht wüsste, was ich alles machen sollte. Nein, ich hatte eher ein Problem damit, dass ich mich als Mann zum Idioten machte, wenn ich an den tänzerisch angehauchten Kursen teilnahm, bei denen massenhaft Frauen herum hopsten und kein einziger Mann. Aber heute war mir alles egal. Ich ging zuerst aufs Fahrrad, um warm zu werden, dann zu zwei, drei Geräten, die ich mal von einem Personal Trainer aufgeschrieben bekommen hatte – Gutes für die Bauch- und Rückenmuskulatur – und wagte mich schließlich in die Höhle der Löwinnen. Wie gesagt, mir war heute alles egal. Ich wollte tanzen und mich treiben lassen. Was war da besser geeignet, als ein Tanzkurs im Aerobicstil. Natürlich war ich der einzige Mann – außer dem Kursleiter. Dieser zwinkerte mir aufmunternd zu und begrüßte mich. Alle weiblichen Köpfe drehten sich neugierig zu mir um. Toll, soll ich mich noch nach vorne stellen, damit mich alle besser sehen können? Grrr ....

Die Musik war perfekt. Der Trainer war perfekt. Mein Körper fühlte sich an wie nach gutem Sex. Wohlig, erschöpft und vollgepumpt mit Endorphinen, diesen kleinen süchtig machenden Glückshormonen, von denen man – hatte man sie erst mal intus – gar nicht mehr genug bekommen konnte. Als der Kurs zu Ende war, kam Chris, der Kursleiter, auf mich zu und lud mich auf einen Powerdrink an der Bar ein. Das fruchtige Gebräu war hervorragend und meine Stimmung war auf Wolke dreihundertsieben. Nico hatte zwar noch nicht wegen der Juristenparty morgen angerufen, aber das störte mich nicht. Ich wusste, ich würde ihn spätestens nächste Woche treffen. Chris sah recht attraktiv aus. Zum Anbeißen knackig, was er mit seiner leichten Trainerkluft natürlich noch betonte. Noch während wir uns unterhielten, merkte ich, wie sich bei mir was rührte. Mein Körper verlangte nach noch mehr Glückshormonen. Ich sag' ja, die Dinger machen süchtig! Das Gespräch wurde immer eindeutiger, obwohl ich bereits nach zehn Minuten wusste, dass Chris schwul war. Mein geschultes Auge und mein siebter Sinn – Schwule haben sieben! – sagten mir, der gehört zu deinesgleichen und versteht dich. Tja, nach einer halben Stunde sprach mein Hoseninneres noch intensiver mit mir und nach einer weiteren Viertelstunde rutschte ich nervös auf dem Barhocker herum. So was war mir noch nie passiert! Wirklich, ich schwöre! Ich war eigentlich kein Typ für One-Night-Stands, geschweige denn für One-Day-Changingroom-Stands. Aber heute wollte ich! Gott, und wie ich wollte.

„Tut mir leid, wenn ich jetzt mal deutlich werde, aber du machst mich echt an. Ich weiß gar nicht mehr, wohin mit mir. Das Denken fällt mir schwer und ich befürchte, wenn ich nicht gleich etwas Druck loswerde, platze ich."

Das war ganz schön drastisch und normalerweise so gar nicht meine Art. Macht nix, Marten, beruhigte ich mich. Dein Körper spricht mit dir und dieses knackige, sexy Wesen da vor dir erlaubt mal eine Ausnahme. Ich lächelte verlegen.

Chris erhob sich und nickte mir zu. Was war denn nun? Er blieb stehen und deutete mir mit dem Kopf, ihm zu folgen. Ich schnallte mir das Handtuch vor die Hose – um nicht unnötig aufzufallen, Männer können's halt einfach nicht verbergen! – und stolperte hinter ihm her. Er vergewisserte sich, dass uns niemand sah und zog mich in seine Umkleidekabine. Die für die Trainer. Er drehte den Schlüssel herum und zog die wenigen Klamotten aus, die er zum Kurs getragen hatte. Halleluja, ist der Typ durchtrainiert und braungebrannt. Und ich war blass und verschwitzt. Vielleicht sollte ich erst mal duschen? Er schien meine Gedanken zu erraten und zeigte auf die Dusche. Sie war perfekt. Geräumig – und mindestens Platz für zwei - mit milchigem Glas und Farbleuchten. Er schaltete sie an, während ich mich schnell auszog und ihm folgte. Ah, das warme Nass war das I-Tüpfelchen. Ich schloss die Augen und ließ mir das Wasser über den Körper rinnen. Plötzlich spürte ich, wie Chris mir den Rücken einschäumte. Ich genoss seine Massage und nahm das Kondom entgegen, dass er mir reichte. Gott, ich durfte zuerst! Cool!

Eine halbe Stunde später standen wir beide neben seinem Spint und trockneten uns ab. Plötzlich packte er mich an den Hüften und drehte mich um. Voller Vorfreude bückte ich mich und spürte auch sogleich seinen Schwanz tief in mich eindringen. Mit langen, kräftigen Stößen brachte er sich zum Höhepunkt und mich in den siebten Himmel. Damit nicht genug. Plötzlich kniete er vor mir nieder – Gott, war er sexy! – und fing an, mir leidenschaftlich einen zu blasen. Entzückt beobachtete ich ihn dabei, wie er mein Ding in den Mund nahm. Leise forderte er mich auf, hineinzustoßen. Das ließ ich mir natürlich nicht zweimal sagen. Danach stellte ich mit Entsetzen fest, dass meine Klamotten leider noch in der Männerumkleide für Gäste lagen, so dass ich wohl oder übel mit meinem frisch geduschten und durchgesexten Körper in die verschwitzten, feuchten Sportklamotten schlüpfen musste. Pfui! Na gut, es hatte sich gelohnt. Wir verabschiedeten uns und ich verließ möglichst unauffällig die Umkleidekabine der Trainer.

*

Als ich zu Hause ankam, schmiss ich mich auf die Couch und aß mein mitgebrachtes, chinesisches Essen. Ich fühlte mich wie ein neuer Mensch und legte mir eine weitere Folge von *Queer as folk* ein. Ich hatte nicht einmal ein schlechtes Gewissen gegenüber Nico. Der Sex war einfach nur gut gewesen. Und geschützt! Das war ja die Hauptsache. Ansonsten war ich Single und musste wohl noch Jahre auf meinen Nico warten, der erst noch heiraten und Kinder kriegen wollte, bevor er sich eingestand, dass er schwul war. Ich war gerade fertig mit dem Essen, als das Telefon klingelte.

„Kruse!"

„Hi, hier ist Nico!"

„Heeeeiiii! Das ist ja 'ne Überraschung. Ich hatte heute Abend gar nicht mehr mit deinem Anruf gerechnet."

„Ich hatte ja versprochen, dass ich noch mal durchklingel wegen morgen. Ich komme mit!"

„Super! Das freut mich."

„Du hörst dich so anders an. Ist irgendwas passiert?", fragte Nico mit einem ungewöhnlich guten Gespür, dass ich sonst von meinen Freunden gar nicht kannte.

„Ich war beim Sport."

„Wow! Und das war so gut, dass du durch das Telefon bis in mein Wohnzimmer strahlst?"

„Ja! Ich war erst so 'n bisschen auf dem Fahrrad zum Warmwerden, das ist ja nicht so mein Ding, aber die Stepper sind auch nichts für mich. Danach habe ich ein bisschen Kraft gemacht – meine Bauchmuskeln brauchten neuen Stoff – und dann bin ich noch - halt dich fest – in den Tanzkurs gegangen, in dem nur Frauen herumhopsen. Außer dem Trainer. Der war männlich."

„Und schwul!"

„Ja, genau. Woher weißt du …"

„Mal ehrlich, welcher Hetero-Mann stellt sich vor zwanzig Frauen hin und macht Aerobic? Ich kenne keinen." Nico lachte.

„Okay, hast sicherlich recht. War aber ganz süß der Typ!", sprach der Gentleman und schwieg.

„Aha!"

„Was heißt hier *aha*?"

„Na, *aha* eben. War er was für dich?"

„Ich bin eigentlich kein Typ für One-Night-Stands", gestand ich.

„Das meinte ich auch nicht. War er generell was für dich?"

„Na ja, er hat mich noch auf einen Powerdrink eingeladen und irgendwie war da schon was. Zumindest eine gewisse körperliche Anziehungskraft." Gott, Marten! Bist du verrückt? Du kannst doch deinem Angebeteten nicht auftischen, dass du gerade mit einem anderen Mann geschlafen hast. Andererseits … warum eigentlich nicht!

„So, so, Anziehungskraft! Na, dann bin ich ja aus dem Rennen", stellte Nico halb schmunzelnd fest.

„Quatsch. Dir gehört mein Herz", rutschte es mir heraus. Ich biss mir auf die Zunge. Mist!

Nico erwiderte nichts. Na toll, Marten! Das hast du ja jetzt super hingekriegt. Warum fällst du nicht gleich mit der Tür ins Haus?

„Hast du mit ihm … wie sagt man … *geschlafen*?“ Nico hatte kaum hörbar gesprochen.

Mein Herz machte einen Satz – nach unten. Herrje! Sollte ich ihm die Wahrheit sagen und ihn vielleicht verprellen oder ihn anlügen und mich scheiße fühlen?

Nervös räusperte ich mich. Das Gespräch verlief nicht so, wie ich es geplant hatte. „Ähm …“

„Und wie war’s?“

Hatte ich richtig gehört? Er unterstellte mir die … Wahrheit und wollte auch noch wissen, wie es war? Nico, du erstaunst mich immer mehr. Für dich würde ich die Homo-Ehe erfinden. So lange klagen, bis wir vor den Traualtar treten dürfen, wie Mann und Frau!

„Ähm …“

„So gut, oder so schlecht?“

Er wollte es aber echt wissen. Okay, Marten! Nico ist erwachsen. Er fragt nach – nein, er bohrt nach! – also sag es ihm.

„Wir waren wie elektrisiert. So was hatte ich noch nie erlebt. Ich war in Hochstimmung und voller Endorphine. Ich bin ihm in die Umkleide für Trainer gefolgt und unter der Dusche …“, ich atmete tief durch und betete, dass er mir die Wahrheit verzeihen würde, „ist es halt passiert!“

„Was ist passiert?“

„Du willst es aber genau wissen!“, warf ich ihm vor. Nico schwieg.

„Okay … zuerst habe ich ihn gefickt, dann er mich und dann hat er mich noch … du weißt schon. Reicht das?“

„Ja, entschuldige. Ich bin dir zu nahe getreten, oder?“

„Nein … nein, das bist du nicht. Aber es ist mir natürlich peinlich, ausgerechnet *dir* von meinem Quickie mit meinem Fitnesstrainer zu erzählen. Ich konnte einfach nicht anders. Die körperliche Anziehungskraft war einfach zu stark. Was ich vorhin sagte, meinte ich auch so. Mein Herz gehört dir.“

„Bist du ein treuer Mensch? Würdest du … mich betrügen?“

Ich war sprachlos. War das gerade … baggerte er mich an?

„Niemals! Wenn ich in einer Beziehung bin, brauche ich doch keinen anderen! Wofür? Ich habe doch dann jemanden, mit dem ich mich austauschen kann oder Sex habe. Eine Partnerschaft bedeutet doch irgendwie, dass man geistig miteinander verbunden ist. Es zumindest sein sollte."

„Stimmt. Da hast du recht. Da bin ich aber erleichtert. Ich hätte dich jetzt auch nicht so eingeschätzt, dass du der Super-Draufgänger bist, der durch alle Betten springt."

„Bin ich auch nicht. Ich hatte seit Jahren keinen Sex mehr mit einem Mann, außer mir selbst", fügte ich grinsend hinzu.

„Das Angebot mit der Matratze steht", warf Nico ein.

Hä? Und Danke-Anke?

„Und deine Freundin?", hakte ich leise nach. Die Stimmung zwischen uns knisterte. Die Leitung war zum Zerreißen gespannt.

„Anke ist Anke. Du bist du. Ich ... ach, ich weiß auch nicht. Ich muss ständig an dich denken. Ich werde den Gedanken an dich nicht mehr los. Ich habe so etwas noch nie vorher erlebt. Bisher hatte ich eine Freundin nach der nächsten. An Männer habe ich nie auch nur einen Gedanken verschwendet. Bis ich dich getroffen habe. Du bist irgendwie anders ..."

Na, das waren ja Geständnisse! Juhu! Er mag mich!

„Wie denn?"

„Du berührst mein Herz. Du verwirrst meinen Verstand. Ich möchte immerzu bei dir sein. Mit dir quatschen, deine Nähe spüren ... ach, ich weiß auch nicht, was mit mir los ist." Jetzt klang er fast traurig.

„Mir geht es genauso. Der Sex vorhin im Club hatte nichts zu bedeuten. Wenn ich nicht Single gewesen wäre, hätte ich es nie gemacht. Wenn du deine Freundin nicht hättest, erst recht nicht!"

„Sehen wir uns morgen? Wir könnten uns in der Stadt am Rathaus treffen." Nico wechselte das Thema.

Das war okay für mich. Der arme Kerl hatte ganz schön viel zu verarbeiten. „Ja, ich freue mich."

„Ich mich auch. Ich komme dann in Uniform, um die Mädels zu beeindrucken", witzelte er. Wie jetzt? Wieso Mädels? Was war mit mir?

„Gut", ich räusperte mich, „dann morgen um halb acht am Rathaus. Schönen Abend noch."

„Danke, dir auch. Schlaf schön!"

*

Um Punkt halb acht Uhr stand ich vor dem großen Eingang des Hamburger Rathauses und wartete auf Nico. Ich musste schmunzeln. Er kam tatsächlich in Uniform. Unsicher lächelte er mich an. Ich wusste allerdings auch nicht, wie ich ihn begrüßen sollte. Ich konnte ihn wohl kaum auf die Wange küssen. Nicht hier in aller Öffentlichkeit, nicht mit seiner Uniform!

Um meine Verlegenheit zu überspielen, trieb ich zum Aufbruch an. Wir stiegen in den Bus und fuhren vier Stationen zur Hamburger Uni. Dort hatte Vera ihre Wohnung, in der die Party stattfinden sollte.

Wir wurden mit einem großen ‚hallo' begrüßt. Die Mädels waren tatsächlich schwer von Nico und seiner Uniform beeindruckt. Er sah aber auch gut aus! Der leicht braune Teint seiner Haut, die dunkelbraunen Haare, die grünen Augen. Er sah aus wie ein … italienischer Pizzabäcker! Das fand Annemarie auch! Leider! Eigentlich wollte ich den Abend nutzen, um Nico näher zu kommen und ihn zu überzeugen, dass es in Ordnung war, das Ufer zu wechseln, aber er hing den ganzen Abend über an Annemaries Lippen. Ich sah meine Fälle wegschwimmen. War das jetzt sein Fortpflanzungstrieb, der ihn rief? Guter Gott, er himmelte Annemarie geradezu an. Ich ertränkte meinen Frust im guten Rotwein. Mein treuester Freund. Als Jürgen auftauchte, machte ich drei Kreuze. Dankbar nahm ich ihm den Mantel ab.

„Wo ist er?", flüsterte Jürgen.

„Da drüben. Er steht schon den ganzen Abend mit Annemarie zusammen und flirtet … nach seiner Liebeserklärung am

Telefon gestern Abend … mir gegenüber!"

„Er hat was?", brüllte Jürgen eine Spur zu laut. Alle drehten sich zu uns um. Peinlich, peinlich. Wo war das nächste Mauseloch? Ich lächelte verlegen und schob Jürgen ins Badezimmer. In kurzen Worten schilderte ich, was gestern passiert war. Dabei ließ ich mein Erlebnis mit dem Fitnesstrainer nicht aus.

„Du hast was?", lachte Jürgen auf und strich sich durch die silbergrauen Haare.

„Du hast mit ihm gefickt? Mit diesem … Chris? Und das hast du auch noch Nico erzählt? Dem Mann deiner Träume! Du musst komplett verrückt sein!"

„Ich weiß", erwiderte ich verzweifelt.

„Na, komm. Wir trinken erst mal ein Schlückchen und dann sieht die Welt gleich etwas rosiger aus."

„Wenn du meinst! Ich halte es ja für einen Trugschluss, seine Sorgen im Alkohol zu ertränken. Die Dinger können nämlich schwimmen und am nächsten Tag weißt du nicht mal mehr, wie sehr du dich in deinem Kummer daneben benommen hast."

„Dann lass uns was essen. Essen ist immer gut." Jürgen schob mich in die Küche zum Buffet. Ich füllte mir den Teller voll und ging ins Wohnzimmer. Jürgen setzte sich zu mir und gemeinsam aßen wir schweigend mit regelmäßigen Seitenblicken auf Nico. Ich kann es nicht beschreiben, aber so wundervoll ich mich gestern gefühlt habe, so sehr war ich heute am Boden zerstört. Mein Nico – die Betonung liegt hier eindeutig auf *mein* – ist offenbar Annemarie verfallen. Ehrlich gesagt, kannte ich keinen Hetero-Mann, der nicht auf Annemarie flog. Sie hatte ein strahlendes Lächeln mit blendend weißen Zähnen. Eine Wahnsinns-Lockenmähne und ihr Gesicht erinnerte stark an Sandra Bullock. Die beiden sahen aus wie das perfekte Paar!

*

„Hallo Julia!“ Ich küsste Julia auf die Wange und schlich an ihr vorbei in ihr Wohnzimmer. Der Kaffeetisch war gedeckt. „Wo sind denn deine Kinder?“, fragte ich verwirrt. Es war so still im Haus.

„Die sind mit meinem Mann bei ihren Großeltern.“

„Alle vier? Ich dachte, Marie ist noch zu klein!“

„Na ja, ist auch nur bis morgen. Marie ist ja auch schon eineinhalb Jahre alt. Ich stille nicht mehr und somit dachten wir, wir probieren es mal aus.“

„Und warum bist du nicht mitgefahren?“
Julia schüttelte den Kopf und setzte sich. „Lange Geschichte...“ Dabei deutete sie mit der Hand auf den leeren Stuhl vor dem zweiten Gedeck. „Setz dich doch, Marten. Ich habe Kuchen gebacken.“

„Gerne. Danke. Ich ... hättest du was dagegen, wenn wir auf der Couch Platz nehmen? Ehrlich gesagt, tut mir der Hintern ganz schön weh.“

Erstaunt hob Julia die Augenbrauen hoch. „Aha!“, stieß sie vielsagend hervor.

Ich schüttelte den Kopf. „Nicht, was du jetzt denkst ...“

„Was denke ich denn?“, grinste Julia und brachte die Teller zum Couchtisch.

„Dass ich und Nico ...“

„Tut ihr nicht? Immerhin hat er dir vor drei Wochen eine Liebeserklärung gemacht. Lasst ihr euch noch Zeit ... ist auch gut.“

Tja, das kam mir mittlerweile vor wie eine halbe Ewigkeit. Es war viel passiert.

„Ach, Julia! In den letzten drei Wochen ist so viel geschehen, dass ich gar nicht weiß, wo ich anfangen soll.“

„Okay, dann erzähle mir doch zuerst, was Nico macht!“

„Nico hat sich von Anke getrennt und ist ausgezogen.“

„Hey“, Julia strahlte übers ganze Gesicht. „Das ist ja super! Wenn das keine guten Neuigkeiten sind. Aber du machst trotzdem ein Gesicht wie sieben Tage Regenwetter.“

„Wirbelsturm, Sintflut, Tornado und Hochwasser trifft es

besser. Habe ich was vergessen?"

„Ist Nico nicht bei dir eingezogen? Oder hat er sich als Albtraum entpuppt?" Julia schenkte uns Tee ein und legte jedem von uns ein großes Stück Apfelkuchen auf den Teller. Dazu servierte sie jede Menge Sahne. „Ehrlich gesagt, konnte er sich noch gar nicht als Albtraum entpuppen …", wisperte ich leise.

„Die Kalorien kannst du auf dem Teller lassen. Die entsorge ich später", grinste sie. Unwillkürlich musste ich lächeln.

„Ach, Julia! Es ist eine Katastrophe. Nico war doch vor drei Wochen mit mir auf dieser Juristenparty. Einen Tag nach seiner Liebeserklärung am Telefon. Und er hat sich den ganzen Abend nur mit Annemarie unterhalten … Letzte Woche sind die beiden zusammengezogen. Sie haben gestern das Aufgebot bestellt und Nico hat mir per SMS mitgeteilt, dass sie davon ausgehen, dass Annemarie schwanger ist. Nächste Woche müsste sie ihre Tage bekommen, aber sie hat bereits jetzt so ein komisches Ziehen in der Brust."

Julia legte den Kopf schief und schaute mich mitleidig an. „Oh, nein! Dann müssen die ja noch am gleichen Abend nach der Party miteinander geschlafen haben … ungeschützt, versteht sich … Die hat's aber eilig gehabt! Das tut mir ja so leid für dich, Marten. Ich hatte dir so sehr gewünscht, dass du mit Nico zusammenkommst. Es sah alles so gut aus. Und nun?"

Ratlos zuckte ich mit den Schultern und verzog den Mund. „Keine Ahnung!"

„Hm, mein Gefühl hat mich nicht getäuscht. Erinnerst du dich, als ich dir am Telefon sagte, ich glaube, dass Nico erst noch heiraten und Kinder kriegen wird, bevor er sich selbst eingesteht, dass er doch auf Männer steht?"

„Ja, ich erinnere mich. Aber es tröstet mich überhaupt nicht."

„Ich weiß, Marten!" Mitfühlend streichelte Julia mir über die Hand. Plötzlich stutzte sie. „Und warum tut dir dann der Hintern weh? Du wirst ja wohl kaum mit dem Fahrradfahren angefangen haben."

„Auch … ich bin jetzt zweimal die Woche im Fitnessclub."

„Sportlich, sportlich, Marten! Deshalb die neuen, stählernen Muskelpakete. Du musst doch nicht die ganze Zeit Fahrradfahren. Du könntest auch auf den Stepper gehen."

Nun musste ich doch grinsen. Manchmal war Julia herrlich naiv! „Hatte ich nichts von Chris erwähnt?"

„Chris? Nee! Wer ist das?"

„Mein sexy Kursleiter beim Tanz-Aerobic."

„Aha! Und der piekst dir in den Po!"

„Wie du das sagst! Das klingt aber nicht nett, Julia."

„Entschuldige, Marten. War nicht so gemeint."

„Schon gut. Hast ja recht. Der Sex ist der reine Wahnsinn. Und nach dem Sport ist es doppelt gut. Wir schließen jedes Mal die Umkleidekabine der Trainer ab und vögeln, was das Zeug hält."

„Mehr nicht?"

„Was heißt hier mehr nicht? Was soll denn sonst noch sein?"

„Eine Beziehung vielleicht? Unterhaltung. Gemeinsamkeiten. Ausflüge. Das, was man sich unter Zweisamkeit halt so vorstellt."

„Na ja, das ist eine Liaison der besonderen Art. So, wie Sex in einer Beziehung manchmal überbewertet wird, werden Abende voller Gespräche in einer Sexbeziehung überbewertet. Unsere Freundschaft beschränkt sich auf den Innenraum der Umkleidekabine und befriedigt zumindest körperlich ungemein."

„Wenn dir das reicht …" Julia biss in den Kuchen hinein und verdrehte die Augen. „Mmh, das tut gut. Essen ist doch die schönste Ersatzbefriedigung, die es gibt, findest du nicht?"

Ich lachte auf. „Wofür brauchst du denn eine Ersatzbefriedigung? Du hast einen Ehemann, vier Kinder, fängst in zwei Monaten wieder an zu arbeiten …"

„Es ist nicht alles Gold, was glänzt."

„Hast du Probleme? Ich dachte immer, du und Martin, ihr seid das perfekte Paar."

„Der Schein trügt."

„Okay, dann Schluss mit den Sprüchen. Klartext. Was

ist los?“

Julia kaute zu Ende und schluckte. „Na gut. Wenn du es unbedingt wissen willst, mein Mann ist ein … Idiot! Ständig ist er schlecht gelaunt. Wenn er von der Arbeit kommt, meckert er, wenn es abends Brot gibt, weil er sich auf warmes Essen gefreut hat, koche ich, beschwert er sich, weil die Küche aussieht wie Sau. Hast du schon mal gekocht, ohne zu kleckern? Ich nicht. Geht auch gar nicht. Aber damit nicht genug. Auch am Wochenende ist er permanent schlecht drauf. Er hat an allem und jedem etwas auszusetzen. Kind Nummer eins mach‘ dies nicht, Kind Nummer zwei mach‘ das nicht. Wir können ihm nichts recht machen und wenn ich ihn drauf anspreche, dann wird er laut und schreit rum, sein Leben ist wie bei *Täglich grüßt das Murmeltier*. Er geht morgens zur Arbeit, kommt am Nachmittag nach Hause, isst Abendbrot und muss die Küche stundenlang putzen, während ich die Kinder ins Bett bringe. Wenn ich sage, dann verabrede dich doch, beschwert er sich, dass er dafür kein Geld hat. Habe ich gesagt *gehe in den Puff*? Nein! Ich meinte Freunde, Kollegen – Freunde hat er ja nicht. Geht ja auch schlecht als Couchkartoffel. Sind die Kinder mal irgendwo untergebracht, so dass wir den Abend frei haben und tatsächlich mal was machen können, hat er keine Lust. Dann sitzt er lieber zu Hause und guckt Fernsehen. Sag mir, Marten, was soll ich da noch machen? Er hat unter der Woche Anti-Haushalts-Depressionen und am Wochenende Anti-Familie-Aggressionen. Ich glaube, ich lasse mich scheiden. Genau! Und dann suche ich mir einen ruhigen, ausgeglichenen, schwulen Mann fürs Leben. Ich gebe eine Anzeige auf: ‚Suche schwulen Mann für meine Kinder und mich. Biete Haus für WG‘. Klingt doch perfekt, oder?“ Julia war fertig mit ihrem Monolog und tupfte sich mit einem Taschentuch die Augen ab.

Ich ergriff ihre Hand und drückte sie. „Und ich dachte immer, dein Leben wäre perfekt!“

*

Als ich zu Hause ankam, blinkte mein Anrufbeantworter. Ich drückte auf den leuchtenden Knopf und hörte Nicos Stimme. Mein Herz machte einen Satz. „Hi, Marten. Hier ist Nico. Würde mich freuen, wenn wir uns nächste Woche mal treffen könnten. Vermisse dich. Ciao!"

Ich zog meinen Mantel aus, hängte ihn in aller Seelenruhe über den Garderobenhaken und dachte nach. Dann nahm ich den Telefonhörer und wählte seine Nummer.

„Annemarie Müller!"

Oh nee! Ich hatte jetzt überhaupt keine Lust, mit Annemarie zu sprechen. Immerhin hatte sie mir meine große Liebe ausgespannt. Ich war jetzt verdammt, mein restliches Leben mit Chris in der Umkleidekabine zu verbringen. Wegen ihr!

„Äh … hi."

„Marten, bist du das?"

„Nein, Til Schweiger. Natürlich, Annemarie! Kennst du sonst jemanden, der eine so tiefe, männliche Stimme hat?"

„Äh … nein!"

„Gut. Ist Nico da?" Das Gespräch zwischen uns war doch früher nicht so schleppend. Wenn wir noch langsamer sprechen und denken, tun wir das rückwärts.

„Nicoooo!" Autsch, mein Trommelfell. Musste sie so in den Hörer schreien? Alte Zimtzicke. Männerklauerin, genau, diebische Elster. Ich hatte ihn zuerst entdeckt.

Völlig außer Atem ertönte Nicos sanfte halbitalienische Stimme. „Hi. Marten!"

Oh mein Gott! Die Sonne ging auf. Mir wurde ganz warm ums Herz. Wie konnte ich es nur drei Wochen lang ohne ihn aushalten? Eine meiner schlechtesten Angewohnheiten war es, sich zurückziehen, wenn es irgendwo schwierig wurde, wenn Streit im Anmarsch war oder ich das Gefühl hatte, die Person, um die es ging, hatte mich nicht (mehr) lieb.

„Das ist ja schön, dass du anrufst. Ich habe schon so oft

auf dein Band gequatscht, aber du hast nie zurückgerufen.“ Seine Stimme klang vorwurfsvoll. Zu recht. Ich war ein schlechter Freund. Ein schlechter Verlierer!

„Na ja, ich hatte viel zu tun ...“, versuchte ich mich herauszureden.

Nico lachte. „Nee, hattest du nich‘. Du hast mich gemieden. Mit voller Absicht.“ Ich hörte etwas rascheln. Nico wechselte den Raum. „Hör zu, Marten. Es tut mir leid, was passiert ist. Das war so nicht geplant. Können wir uns sehen?“

Ich dachte scharf nach. Mein Herz schrie ja, aber mein Verstand blockte ab. Ich würde mich nur unnötig quälen, wenn ich ihn sehen, aber nicht berühren durfte. Andererseits ...

„Okay“, sagte ich und stieß die eingeatmete Luft geräuschvoll aus. „Aber du kommst zu mir. Ich möchte nicht in irgendeinem fremden Lokal sitzen und über so ernste und intime Dinge mit dir sprechen. Falls wir das tun!“

„Geht klar. Wann? Morgen? Ich habe Tagesdienst, würde noch eben nach Hause fahren und wäre dann gegen sieben bei dir.“

„Gut, bis morgen dann.“

„Ja, ich freue mich!“, rief Nico noch durch den Hörer, bevor ich auflegte.

*

Es klingelte. Mit wackeligen Knien lief ich zur Tür und drückte auf den Türsummer. Wenige Sekunden später stand er da. Vor meiner Tür. Mein Held. Der Mann meiner Träume. Attraktiv und mit einem verschmitzten Lächeln. So, wie ich ihn kennen- und lieben gelernt hatte. In der Hand hielt er eine Flasche Wein. Ich ließ ihn eintreten und war überrascht, als er mir einen Kuss auf die Wange gab. Was war das denn?

Ich versuchte es zu ignorieren und nahm ihm die Jacke ab. Er trug wieder seine gerade geschnittene Bluejeans, ein hellblaukariertes Hemd und darüber einen dunkelblauen V-Pullover. Er sah hinreißend aus. Ich ging in die Küche und holte den Weinöffner.

„Schöne Wohnung hast du."

„Danke. Freut mich, dass sie dir gefällt."

„Du hast sogar Stuck an der Decke. Die Zimmerdecke ist mindestens drei Meter hoch. Cool!"

„Ich liebe Altbauwohnungen. Man muss zwar auch andere Dinge in Kauf nehmen und auf einiges verzichten, aber es ist herrlich in so alten Wohnungen. Man spürt irgendwie an der Aura eines Gebäudes, was für Menschen sich dort aufgehalten haben."

„Ja, das finde ich auch. Das Mauergestein lebt und erzählt seine eigene Geschichte." Nicos grüne Augen leuchteten mich an. Eine dunkle Haarsträhne hatte sich gelöst und fiel ihm ins Gesicht. Ich widerstand dem Drang, sie nach hinten zu schieben und öffnete stattdessen den Wein. „Französischer Rotwein. Super! Den trinke ich am liebsten."

Ich lächelte ihn an und schenkte beide Gläser voll. „Soll dein Wein noch atmen?", fragte ich ihn.

Nico sah mich unsicher an. Dann schüttelte er den Kopf. „Ehrlich?"

Ich nickte.

„Nee! Der ganze Quatsch von rotem Wein, der möglichst lange atmen oder gar noch auf der Heizung vorgewärmt werden soll, ist nix für mich. Ich lebe da eher nach dem Motto ‚rinn ins Glas und zack in Kopp'."

„Tust du nicht!" Ich sah ihn streng an. Nico feixte sich einen, nahm sein Glas und ging zur Couch. Er setzte sich und lehnte sich entspannt zurück. Ich folgte ihm, nahm aber auf dem Sessel Platz.

Wir prosteten uns zu und tranken auf die Freundschaft. Meine Hand zitterte und mein Herz klopfte mir bis zum Hals. Ich wünschte, ich könnte die Zeit um drei Wochen und vier Tage zurückdrehen und ich hätte ihn nie mit auf diese dämliche Juristenparty mitgenommen. Stattdessen hätte ich ihn auf meinem Sofa verführen sollen.

„Ich schulde dir noch eine Erklärung“, fing Nico an.

Verwundert stellte ich mein Glas ab. Eine Spur zu heftig, denn der Boden meines Weinglases brach ab und ich hielt nur noch den Schwenker mit dem Wein in der Hand. „Ups, habe wohl zu viel trainiert in letzter Zeit“, meinte ich entschuldigend, trank mein Glas in einem Zug leer und stand auf, um mir ein neues zu holen.

„Das sieht man!“

„Was?“

„Na, dass du fleißig trainiert hast.“

„Echt? Hätte ich gar nicht gedacht.“

„Doch.“ Nico schaute bewundernd an mir herunter.

Na gut, wenn ich jetzt nackt wäre und vor einem Spiegel stünde, würde ich mich wahrscheinlich auch loben. Oder anfangen, mich zu vernaschen, weil ich so sexy Muskeln bekommen hatte.

„Triffst du dich noch mit diesem … Fitnesstrainer?“ Nico spuckte das letzte Wort fast auf den Tisch. Abfällig schaute er auf sein Weinglas, als ob darin sein Feind zu finden sei.

„Ähm … gelegentlich. Beim Sport halt.“ Ich setzte mich und schenkte mir neuen Wein ein. Unter dem Tisch zauberte ich eine neue Flasche hervor und reichte sie Nico. „Die hatte ich schon bereitgestellt. Falls dir die Kehle vom Erzählen trocken wird.“

Nico nahm mir die Flasche ab und wie zufällig berührten sich unsere Hände. Wie ein Stromschlag durchfuhr mich seine Berührung. Gott, warum konnten wir nicht einfach übereinander herfallen und uns danach unsere bedingungslose Liebe gestehen? Er würde mir sagen, dass Annemarie ein riesengroßer Fehler sei und er nur mich lieben würde.

„Annemarie ist irgendwie anders“, holte Nico mich in die Wirklichkeit zurück.

„Das heißt?“, fragte ich höflich, jedoch ohne allzu großes Interesse nach.

„Na ja, Anke kann ihr bei weitem nicht das Wasser reichen.

Annemarie ist so lebensfroh, spritzig, witzig, attraktiv, sexy …“ Er brach ab und starrte in sein Glas. Dann trank er es in einem Zug leer und schenkte sich nach. „Ich bin so frei“, entschuldigte er sich.

Ich nickte. War vielleicht gar nicht so schlecht, wenn wir einen gewissen Lockerungspegel erreichten. Wie ging der Song von Grönemeyer noch *‚Alko-hol ist dein Sanitäter in der Not, Alko-hol ist dein Anker und dein Rettungsboot‘,* oder? Nicht, dass ich dem Alkohol verfallen wäre, aber bei Männern – und bei mir - lockerte er die Zügel und machte sie frei von jeglichen Gesellschaftszwängen.

„Ich habe mich auf den ersten Blick in sie verliebt. Ich konnte einfach nichts dagegen tun.“

„Das ist … okay“, sagte ich tapfer lächelnd. Aber es war alles andere als *okay*. Es war scheiße!

„Und die Dinge, die du mir am Telefon gesagt hast? Einen Abend vorher …“, fragte ich vorsichtig nach.

Nico stürzte sein zweites Glas runter. Also doch ex und hopp!

„Nichts davon war gelogen. Du bist der erste Mann, der mich von Anfang an so fasziniert hat. Wie du da in deiner schwarzen Robe standest und dein Plädoyer gehalten hast … du warst einfach umwerfend. Ich hing an deinen Lippen und war richtig traurig, als du fertig gesprochen hattest. Als du mich eine Woche später angesprochen hast wegen der Nachschicht und den Einsatzfahrten, war ich richtig happy. Auf dem Bahnsteig stand ich völlig gefrustet neben Anke, weil du mich nicht einmal bemerkt hast – dachte ich.“

Nico grinste mich an.

Ich schenkte ihm das dritte Weinglas ein und prostete ihm zu. „Auf uns!“

„Ja“, flötete er und tauchte in meine Augen. Oder ich in seine? Egal! Es war schön. Am liebsten hätte ich den Augenblick für immer angehalten.

„Ich war glücklich wie schon lange nicht mehr, als wir uns verabredet und Telefonnummern ausgetauscht hatten. Es war …“ Er suchte nach Worten und schaute zur Decke. Ich stand auf und dimmte das Licht. Die Kerzen auf dem Tisch zündete ich an, dann setzte ich mich zu ihm auf die Couch. So, Marten, geh zum Frontalangriff über. Jetzt oder nie! Ich nahm mein Glas und prostete ihm erneut zu. Gott, ich liebe dich, wollte ich sagen, brachte aber keinen Ton heraus.

„Als du mir am Telefon all die schönen Dinge gesagt hast, war ich der glücklichste Mann im ganzen Universum“, gestand ich ihm und schaute auf meinen Schoß. Dann richtete ich meinen Blick wieder auf und sah ihm aus nicht einmal mehr als zehn Zentimetern Entfernung in die Augen. Ich stellte mein Glas weg und beugte mich nach vorne. Nico schloss die Augen und ließ sich von mir küssen. Gott, er *schmeckte* sogar fantastisch! Nach Wein und Lakritz. Schreckliche Mischung, aber das war mir egal. Er hätte sogar nach Knoblauch schmecken können und es hätte mich nicht davon abgehalten, ihn zu küssen.

Und das Erstaunlichste war, er erwiderte meinen Kuss. Er zog mich zu sich runter und hörte gar nicht mehr auf, mit meiner Zunge zu spielen. Es war vollkommen … einfach perfekt! ER war vollkommen und perfekt. Stundenlang lagen wir auf meiner Wohnzimmercouch und küssten uns. Irgendwann hatte keiner mehr von uns Klamotten an und wir fingen an, uns zu liebkosen. Seine Haut war so weich, dass ich ihn nur noch berühren wollte. Überall lachten mir kleine Muskelpakete entgegen. Mein Mund tastete sich zu seiner intimsten Stelle hin und er ließ es zu. In dem Moment wusste ich es. Ich wollte ihn, mit Haut und Haaren. Er oder keiner!

*

Am nächsten Morgen erwachte ich in meinem Bett. Ein Blick auf meinen Wecker verriet mir, dass es bereits mittags war. Ich war allein. Für einen Augenblick dachte ich, Nico ist schon gegangen, als mir feiner Kaffeeduft und der Geruch von Rühreiern mit Speck in die Nase stieg. Bei dem Gedanken an letzte Nacht drehte ich mich noch einmal um und aalte mich in der Erinnerung. Wir hatten uns stundenlang geliebt. Eigentlich wollte ich gar nicht mehr aufhören, ihn zu berühren, doch irgendwann hatte mich Nico von der Couch geworfen und im Polizeigriff festgehalten. Was war er doch für ein Mann! Gott, ich stand total auf Polizisten. Die sind so … stark und dominant! Dann war er in mich eingedrungen und mich überkam das erste Mal ein Gefühl leichter Traurigkeit – nicht, weil es nicht schön war, sondern weil ich keine Frau war, die von ihm ein Kind empfangen konnte! Solch weibliche Gefühle waren mir total fremd. Aber gestern Nacht wünschte ich, ich wäre Annemarie und würde den Zeugungsakt meines kraftvollen Mannes genießen.

Mühsam krabbelte ich aus dem Bett, rief ein leises *guten Morgen* in die Küche und sprang unter die Dusche. Mit einem Handtuch bekleidet setzte ich mich anschließend an den Küchentisch und schaute Nico am Herd zu. Er drehte sich zu mir um – und baff! Seine grünen Augen verschlangen mich. Ich konnte nichts dagegen tun. Wie ferngesteuert stand ich auf, nahm ihm die Kaffeekanne aus der Hand und verführte ihn erneut. Am helllichten Tag, ohne Hilfe des Mondes!

Meine Großmutter hatte immer behauptet, dass der Mond die Menschen verändert und Gefühle beeinflusst. Darum war die Selbstmordrate in der Nacht auch deutlich höher als am Tage – und die Sexrate vermutlich auch! Sie war der Ansicht, dass der Mond eine Art Zwitter war. Wie Dr. Jekyll und Mr. Hide. Er verstärkte die Liebe *und* den Hass. Eigentlich zwei gegensätzliche Dinge, die sich aber doch irgendwie bedingen. Was war meine Großmutter doch für eine kluge Frau!

Gut, dass Nico geistesgegenwärtig das Rührei vom Herd gezogen hatte, denn sonst hätten unsere Nachbarn sicherlich die Feuerwehr verständigen müssen. Es war bereits nach zwei Uhr, als wir endlich dazu kamen, etwas zu essen. Wie zwei ausgehungerte Löwen fielen wir über das eiskalte Rührei her.

„Was sagt denn Annemarie dazu, dass du gar nicht nach

Hause kommst?“, fragte ich, ohne nachzudenken.

Nico stockte. Offenbar hatte er seine neue Freundin total vergessen. Er sprang auf und lief in den Flur. Mist! Na, super Marten! Das haste ja fein hingekriegt. Hättest du bloß deine Klappe gehalten.

Zwei Minuten später kam er wieder herein und grinste. „Ich habe ihr gesagt, dass es gestern zu spät war, ich zu viel Wein getrunken hatte und nicht mehr fahren konnte, um noch nach Hause zu kommen. Gar kein Problem, hat sie gesagt. Sie ist echt so verständnisvoll. Eine tolle Frau!“ Nico setzte sich und leerte seinen Teller.

Mir war der Appetit vergangen. Ich brachte unsere Teller in die Küche und atmete tief durch. Und nun?

Nico war mir gefolgt und stand plötzlich hinter mir. Er stellte sich an meine Schulter und lehnte sich zärtlich dagegen. „Sehen wir uns wieder?“

Sollte das ein Scherz sein? Nee, das meinte er ernst, stellte ich mit einem kurzen Seitenblick fest. „Machst du Witze? Ich kann ohne dich gar nicht leben. Du bist mein Salz in der Suppe, mein …“, Gott, mir fiel kein weiterer Vergleich ein, „mein I-Punkt auf dem I.“ Ich grinste.

Nico zwinkerte mir lächelnd zu und löste sich. Schweren Herzens brachte ich ihn hinaus, küsste ihn noch einmal leidenschaftlich und schloss dann die Tür hinter ihm.

*

Ich hörte eine ganze Woche lang nichts von Nico. Da ich nach der wundervollen Nacht mit ihm auch keine Lust hatte, mit Chris in der Umkleidekabine zu verschwinden, bin ich einfach nicht zum Sport gegangen. Am Montagnachmittag kam ich von einem echt anstrengenden Tag im Gericht nach Hause. Mein Anrufbeantworter blinkte und ich drückte auf den roten Knopf.

„Hi, Marten! Hier ist Nico. Äh … ich habe dir eine Nachricht per E-mail geschrieben. Schriftlich kann ich mich irgendwie besser ausdrücken. Hoffe, du hast die Mail bekommen. Ciao!"

Kein lieber Gruß, kein nettes Wort. War irgendetwas passiert, wovon ich nichts mitbekommen hatte? Ich zog meinen Mantel aus und ging ins Wohnzimmer, um meinen PC anzuschalten. Ich hatte tatsächlich Post von Nico.

-------- Original-Nachricht --------
> Datum: Mon, 08 Dec 2008 14:55:57
> Von: „Nico Krohninger"
<Nico.Krohninger@polizei.hamburg.de>
> An: m.kruse@gmx.net
> Betreff: Abschied

Liebster Marten,

Du bist der großartigste Mann, dem ich je begegnet bin. Von Anfang an war ich magisch von Dir angezogen. Und die Nacht mit Dir war einzigartig. Ich danke Dir und werde sie nie vergessen. Annemarie ist tatsächlich schwanger und wir haben heute das Aufgebot bestellt. Wir werden bereits in vier Wochen heiraten, damit man den Babybauch noch nicht sieht und sie sich nicht fühlt wie ein trächtiges Vieh bei der Nothochzeit. Du bist natürlich herzlich eingeladen, aber ehrlich gesagt, kann ich es nicht ertragen, Dich als meinen Gast dort zu sehen. Daher bitte ich Dich in aller Freundschaft, nicht zu kommen. Du wirst immer einen Platz in meinem Herzen haben, aber ich bitte Dich, zu akzeptieren, dass ich bald ein verheirateter Mann und vor allem Vater bin. Ich kann kein Gefühlschaos gebrauchen. Bitte melde Dich nicht mehr und behalte mich in guter Erinnerung.

Aufrichtigst,
Dein Nico

*

Vier Wochen später war ich endlich wieder in der Lage, einen einsamen Fernsehabend in meinem Wohnzimmer zu verbringen. Ich hatte eine Pizza von Luigi vor mir liegen und gerade eine Flasche Rotwein geöffnet, als mein Telefon klingelte. Ich erhob mich etwas genervt und schlurfte in den Flur.

„Jo!"

„Jo? Was soll das denn heißen? Bist du das, Marten?"

„Oh…hi, Julia! Wie geht es dir?"

„Mensch, Marten! Wie schön, dich endlich zu hören. Wo hast du nur die ganze Zeit gesteckt? Ich habe so oft versucht, dich anzurufen. Jedes Mal ging dein Band an und irgendwann funktionierte nicht einmal das mehr."

„Ich weiß! Tut mir leid! Ich habe mich in meiner Arbeit vergraben und war noch zwei Wochen bei meinen Eltern."

„Wieso das denn? Ich dachte mit dir und Nico ist jetzt alles klar. Du hattest mir doch noch diese Wahnsinns-SMS geschickt, in der du mir mitgeteilt hast, dass Nico bei dir war und ihr … na ja, du weißt schon!"

„Ja, das war in einem anderen Leben. Haben wir so lange nicht mehr miteinander gesprochen? Wie die Zeit vergeht! Nico hat gestern Annemarie geheiratet. Im Rathaus natürlich. Annemaries Vater wollte nur das Beste für seine einzige Tochter."

„Wieso einzige Tochter? Ist das nicht die Annemarie aus unserem Studiengang? Ich dachte, die hat noch eine Schwester?"

„Äh … stimmt, ja. Hat sie … hatte sie …"

„Wie jetzt? Hat sie oder hatte sie? Ist sie gestorben?"

„Nein, nicht direkt", druckste ich herum.

„Oh, Marten! Was soll das denn nun wieder heißen? *Nicht direkt*! Kann man *indirekt* sterben? Nun lass dir doch nicht jedes Wort einzeln aus der Nase ziehen. Nun erzähl schon …"

„Annemaries Schwester hieß Christine …"

„Und?"

„Und jetzt heißt sie Christian!"

*

„Hey, Marten! Gut siehst du aus. Der Urlaub in der Karibik hat dir anscheinend gut getan. Und wie braun du geworden bist.“ Klaus reichte mir die Hand, gab mir einen Kuss auf die Wange und lächelte.

Jürgen nahm mir die Weinflasche ab und ging in die Küche. „Übrigens habe ich deinen Polizisten getroffen“, rief er durch die ganze Wohnung.

„Aha! Wenn du Nico meinst, der ist nicht mehr *mein* Polizist. Wie du weißt, ist er mittlerweile glücklich verheiratet und müsste eigentlich schon Vater geworden sein.“

Wir gingen ins Wohnzimmer, wo Jürgen bereits den Tisch gedeckt hatte. Zur Feier des Tages – ich war immerhin drei Wochen mit Kevin in der Karibik gewesen und hatte Urlaub gemacht – luden mich Jürgen und Klaus zum Essen ein. Glücklicherweise konnten die beiden hervorragend kochen. Es roch vorzüglich.

„Mmh, das riecht aber gut. Was gibt es denn?“, fragte ich.

„Das, Schätzchen, ist eine Überraschung.“ Jürgen tänzelte an Klaus vorbei und streifte dabei wie zufällig seine Hand. Beide sahen sich für den Bruchteil einer Sekunde ganz verliebt an. Täuschte ich mich oder hatten sich hier auch Neuigkeiten ergeben? Ich verwarf den Gedanken jedoch gleich wieder, als ich die Vorspeise sah. Zuerst gab es Tomaten mit Mozzarella und Basilikum mit Julias Vinaigrette und gebackenem Schafskäse im Blätterteigmantel. Ich fiel über das Essen her, als hätte ich seit Wochen nichts mehr gekriegt.

„Mann, du hast ja einen Hunger! Gab es in der Karibik nichts zu essen?“ Klaus und Jürgen sahen mich neugierig an.

Ich wiegte den Kopf hin und her. „Hm, Essen gab es schon, sogar reichlich, aber nicht so gutes wie bei euch. Es ist wie immer ein kulinarisches Gedicht. Vielen Dank für die Einladung.“

Jürgen und Klaus sahen sich wieder verliebt in die Augen. Jürgen erhob sich und streifte beim Hinausgehen Klaus’ Schulter. Als er wieder reinkam, trug er ein großes Tablett mit allerlei gegrilltem Fleisch. Klaus sprang auf und holte den Reis und die

Champignon-Rahmsoße. Gott, das Essen war Balsam für meine Seele. Während ich das Essen in mich hineinschaufelte und mich meine beiden Gastgeber amüsiert betrachteten, erzählte ich von meinem Trip nach Übersee, zu dem ich Kevin nach langem Überlegen mitgenommen hatte. Chris hatte den Fitnessclub wechseln müssen – ich kann mir gar nicht denken, warum – und so waren meine wilden Sexabenteuer mit ihm vorbei. Ich war im Club geblieben und ging nun regelmäßig dorthin, um mich fit zu halten – mit Sport, versteht sich.

„Im Urlaub hat mich doch tatsächlich eine Touristin angesprochen, ob ich ihr ein Autogramm geben könnte", lachte ich. „Sagt mal, ist da Rotwein in der Soße?"

Klaus hielt zwei Finger aneinander. „Nur so viel, Schätzchen!"

Ich nickte. „Ihr habt euch mal wieder selbst übertroffen. So gut habe ich schon lange nicht mehr gegessen. Man merkt die Liebe, mit der ihr gekocht habt", sagte ich augenzwinkernd. Jürgen und Klaus tauschten einen seltsamen Blick.

„Dazu kommen wir gleich. Erzähl uns erst, warum die ein Autogramm von dir haben wollte."

„Die dachte doch allen Ernstes ich sei der attraktive, deutsche Schauspieler Henning Baum. Gott, soo gut sehe ich nun wirklich nicht aus. Klar, ich habe ein paar nette Muskeln bekommen, aber ansonsten habe ich doch gar keine Ähnlichkeit mit ihm."

„Schätzchen, Henning Baum ist der Vorzeigeschwule für jeden Hetero. Und …" Klaus unterbrach Jürgen. „Schatz, der ist gar nicht schwul. Der ist mit 'ner Frau verheiratet und hat sogar Kinder."

„Ja, richtig. Das habe ich auch gelesen. Komisch, dass er sich gewagt hat, einen schwulen Kommissar zu spielen. Aber du hast schon recht, er ist echt knackig. Es gibt wohl keine Frau …"

„Und keinen Mann", fügte Klaus hinzu. Jürgen nickte.

„... und keinen Mann, der nicht auf ihn steht. Aber, Schätzchen, mach' dir keine Sorgen. Du siehst nicht aus wie er." Jürgen legte seinen Kopf schief und betrachtete mich. „Obwohl … mit deinen neuen Muskelpaketen … du hast die gleichen blauen Augen, blonde Haare …“

„Ich bitte dich, Jürgen! Wenn ich so attraktiv wäre wie Henning Baum, dann würden die Männer bei mir Schlange stehen. Tun sie aber nicht!“

„Vielleicht siehst du es nur nicht. Dein Herz ist halt vergeben … und zerbrochen …“ Klaus schaute mich mitfühlend an. „Jürgen hat ihn übrigens getroffen!“

„Wen? Henning Baum?“, fragte ich verwirrt und leerte meinen Teller.

Klaus und Jürgen schüttelten den Kopf und tupften sich gleichzeitig den Mund mit ihrer Serviette ab. „Nein“, sagten sie wie aus einem Munde.

„Sagt mal … ihr seid nicht zufällig…?“ Ich brach ab und starrte die beiden neugierig an.

Klaus hielt sich kichernd die Hand vor den Mund und sah Jürgen aus den Augenwinkeln an. Jürgen nahm Klaus freie Hand und drückte sie zärtlich. „Doch! Sind wir.“ Beide glucksten herum wie die Teenies. Das darf ja wohl nicht wahr sein. Jürgen und Klaus, meine beiden besten Freunde, im besten Alter sind nach vierzig Jahren platonischer Freundschaft ein *Pärchen!* Ich war fassungslos! Mir blieb der Mund offen stehen.

„Schätzchen, mach den Mund zu, sonst werden die Milchzähne kalt“, witzelte Klaus.

Jürgen erhob sich schmunzelnd und holte den Nachtisch. Es gab Eis. Schwarzwälder Kirsch. Meine absolute Lieblingssorte.

„Habt ihr mich deshalb zum Essen eingeladen, um mir mitzuteilen, dass ich euch jetzt im Doppelpack bekomme?“

„Nee, Schätzchen“, Jürgen legte mir das Eis auf die Nachtischschüssel. „Du warst lange weg und …“ Verlegen brach er ab.

„Und wir dachten uns, du erfährst es besser von uns als von irgendjemandem deiner Studienkollegen … Die kennen doch alle Annemarie …“, kam ihm Klaus zur Hilfe.

Ich horchte auf. War was passiert?

„Sie hat Zwillinge bekommen", kürzte Jürgen das ganze sachlich ab. „Einen Jungen und ein Mädchen. Ich hatte letzte Woche einen Fall vor Gericht, zu dem ich Nico als Zeugen geladen hatte. Er kam nach der Verhandlung zu mir und begrüßte mich. Ich war ganz überrascht, dass er sich an mich erinnern konnte, denn ich hatte ihn ja nur einmal auf dieser zukunftsändernden, alles zerstörenden Juristenparty gesehen, zu der du ihn mitgenommen hattest. Und da war er ja ausschließlich mit Annemarie beschäftigt."

„Und?", fragte ich trocken.

„Und was?" Verwirrt runzelten Jürgen und Klaus die Stirn. Verliebt sahen sie sich an. „Noch ein Jahr länger …" Klaus giggelte.

„Na ja, sah er glücklich aus? Immerhin hat er jetzt seinen Traum von Frau, Kindern und vielleicht auch Haus erfüllt."

„Hm, ein Haus haben sie sich tatsächlich gekauft. Hatte Vera aus deiner Referendariatszeit getroffen. Die hat ja noch Kontakt zu Annemarie."

Ich stöhnte auf. „Ja, das hört sich doch prima an. Dann ist ja alles in bester Ordnung." Ich wischte mir den Mund mit der bereitgelegten Serviette ab und trank einen Schluck Wein. Pfui! Wie schmeckte der denn? Eis und Wein, das lass sein … bäh, das ging ja gar nicht!

„Du wirst deinen Deckel auch noch finden, Schätzchen. Gib nur nicht auf! Wir haben auch vierzig Jahre gebraucht …" Jürgen lächelte mir aufmunternd zu.

„Genau, Schätzchen, du darfst dich nicht entmutigen lassen. Meine Großmutter hat immer gesagt, auf jeden Topf passt ein Deckel – und wenn er klappert."

„Apropos, klappern …Schätzchen, wie sieht's denn aus mit Kevin?" Jürgen goss mir ein Glas Wasser ein und reichte es mir.

Dankbar nahm ich es entgegen. Ich ließ mir Zeit mit der Antwort. Was sollte ich sagen? Kevin war … ein Egoist!

„Ich denke nicht, dass wir uns so schnell wieder treffen werden", antwortete ich schließlich.

Beide starrten mich ungläubig an. „Wieso? Ich finde, ihr

habt ganz hübsch zusammen ausgesehen. War euer Urlaub denn nicht schön?" Klaus tufftelte mit seiner Hand herum und fegte dabei sein Weinglas vom Tisch. Der Rotwein ergoss sich über die weiße Tischdecke und landete auf Jürgens weißen, schwer gehüteten Perserteppich und hinterließ einen hässlichen Fleck. Panisch sprang Klaus auf und richtete dabei noch mehr Schaden an. Ich musste unwillkürlich anfangen zu lachen. Zuerst hielt ich mir noch die Serviette vor den Mund und tat so, als müsste ich husten, doch dann konnte ich nicht länger an mich halten. Ich prustete laut los und lachte und lachte, bis mir der Bauch wehtat. Klaus stand völlig aufgelöst neben dem Tisch und sah fünfundfünfzig Jahre jünger aus. Betreten kaute er auf seiner Lippe herum und fächelte seinen aufsteigenden Tränen Luft zu. Eigentlich sähe er recht niedlich aus – wenn er tatsächlich fünfundfünfzig Jahre jünger gewesen wäre. War er aber leider nicht! Jürgen riss den Salzstreuer auf und schüttete das Salz auf den Teppich. Dann rannte er in die Küche und raunzte Klaus an.

„Mensch, du Dummerchen! Nun steh' doch nicht so blöd herum und guck Löcher in die Luft. Hilf mir lieber, den Teppich kriege ich nie wieder sauber!"

Doch Klaus stand einfach nur da und tufftelte mit seiner Hand vor dem Gesicht herum. Ich weiß nicht warum, aber ich konnte einfach nicht aufhören zu lachen. Es war alles so komisch, so lustig … nein, es war gar nicht lustig und komisch! Plötzlich schlug meine Stimmung um und ich fing bitterlich an zu weinen. Gott, war mein Leben verkorkst! Ich liebte einen Mann, der mit einer Frau verheiratet und gerade Vater geworden war. Die Nacht mit ihm war einzigartig und hatte sich in mein Hirn eingebrannt, als wäre sie erst gestern gewesen. Kevin war ein egoistisches Arschloch, der nur an sich selbst dachte – eine absolut heteromäßige Eigenschaft! Ich kannte keinen Schwulen, der so ich-bezogen war wie er und das warf meine gute Meinung über die Vorzüge der Homosexualität komplett über Bord. Bisher war jeder meiner Liebhaber eher darauf bedacht gewesen, in erster Linie mich und dann sich zu befriedigen. Ich weiß, das klang jetzt unglaublich egoistisch von mir! War es aber nicht. Mir ging es ja nicht anders. Auch ich wollte an mein männliches Gegenüber ran und in erster Linie *ihn* befriedigen! Ich war dabei immer zweitrangig. Meistens kam ich dann auch irgendwann zum Zug – bei Kevin nicht. Sobald der gekommen war, drehte er sich weg und schlief gleich ein. Wenn wir tatsächlich mal am Tage Sex hatten, dann ging er nach seiner Befriedigung ins Bad und musste pinkeln. Das – soweit hatte sich mir Julia mal anvertraut – war eine absolute Hetero-Eigenschaft! Sie beschrieb es mit kurzen Worten: Rauf, rein, abspritzen, runter, weg! Und so war Kevin!

*

Nun saß ich bereits eine halbe Stunde auf dem Sofa und heulte mir die Augen aus und Klaus und Jürgen die Ohren voll. Ich hatte das Gefühl, mein Leben war eine einzige Katastrophe. Ich brauchte dringend etwas Abwechslung. Und die sollte auch bald kommen.

*

„Ich soll was?“ Mit einer Mischung aus blankem Entsetzen und erregter Neugierde schaute ich meinen Telefonhörer an.

„Wir würden uns freuen, wenn Sie, Herr Kruse, die Position als Staatsanwalt einnehmen könnten. Mit Gerichtsverhandlungen kennen Sie sich ja aus und die Bezahlung ist hervorragend. Es sind natürlich alles nur Schauspieler und nachgestellte Szenen, aber ansonsten ist fast alles wie echt.“ Die Frau am anderen Ende verstummte.

Ich sollte tatsächlich in einer dieser bescheuerten Gerichtssendungen im Fernsehen mitmachen! Für so was hatte ich doch nicht jahrelang Jura studiert! Andererseits …

„Wie hoch wäre denn das Honorar?“, fragte ich nach. Nur

so, aus Interesse. Damit ich wusste, was ich mir entgehen ließ.

*

„Miriam? Bist du das?“ Ich betrachtete die junge Frau neben mir. Sie hatte die Mütze tief ins Gesicht gezogen. Es war eiskalt heute und die Leute rannten vermummt durch die festlich geschmückten Straßen. In vier Wochen war Heiligabend und jeder wollte noch die letzten – oder die ersten, dazu zählte ich – Geschenke kaufen.

„Marten?“ Die Frau strahlte bis über beide Ohren. Ihre Augen leuchteten dabei genauso wie ihre rote Nase.

„Ja, Mensch. Das ist ja ein Zufall. Ich dachte, du bist weit, weit weg in Australien.“

„Da komme ich auch her. Aber Chris, mein Mann, hat mir zu Weihnachten einen Trip nach Hause, also in die alte Heimat geschenkt.“

„Na, das ist ja eine Überraschung! Hast du Lust und Zeit auf einen Cappuccino?“ Ich rieb mir die Hände aneinander. Ich hatte meine Lederhandschuhe zu Hause vergessen und fror mir – auf Deutsch gesagt – den Arsch ab … und die Flossen.

„Für dich immer, Marten! Das weißt du doch.“

Wir überquerten die Straße und liefen zur Europapassage. Im oberen Stockwerk konnte man sich gemütlich an die riesige Glasfront setzen und einen heißen Kaffee schlürfen. Der Blick auf die Alster war phänomenal!

„Sag, was machst du so?“, fragte sie und wärmte sich ihre Finger an ihrem heißen Kakao.

„Das ist eine lange Geschichte“, winkte ich ab.

Doch Miriam grinste nur. „Ich habe Zeit, Marten!“

Also erzählte ich ihr von meinem Job, der mich mittlerweile anödete, meinem Urlaub und dem Angebot des privaten Fernsehsenders.

„Das hört sich doch klasse an. Kommt doch gerade richtig das Angebot. Du suchst was Neues. Da ist es! Du musst nur zugreifen.“

„Du bist witzig! Wie soll das gehen? Ich kann doch meinen gut bezahlten, sicheren Job nicht einfach so hinschmeißen! Was ist, wenn ich mich total dämlich anstelle und innerhalb kürzester Zeit aus der Sendung fliege?“

„Marten! Du machst dir, wie immer, viel zu viele Gedanken. Das war schon damals so, als wir noch zusammen waren.“

Stimmt!

*

Ich war mit meinem besten Freund aus der Schulzeit unterwegs. Christian hatte mich überredet, in die Kunsthalle zu gehen. Dort hatten wir Miriam getroffen, die Christian von einer Ex-Freundin her kannte. Miriam studierte zu diesem Zeitpunkt noch Kunstgeschichte und hat sich diese scheußlichen Bilder weniger freiwillig angeguckt als ich. Die Ölbilder von Byron waren alles andere als nach meinem Geschmack. Entsprechend hatte ich auch abgelästert. Irgendwie war ich mit Miriam ins Gespräch gekommen, und als wir feststellten, dass wir den gleichen Weg hatten, sind wir zusammen mit der Bahn nach Hause gefahren. Sie wohnte ganze zwei Straßen weiter. Kurz darauf hatte Christian Geburtstag und lud auch Miriam ein. Auf dem Nachhauseweg redeten wir miteinander ohne Punkt und Komma. Die Menschen in der Bahn haben wir gar nicht wahrgenommen. Wir haben auf allen Ebenen miteinander gefunkt. Obwohl sie eine Frau war, spürte ich gewisse Schwingungen zwischen uns, die ich vorher nur von Männern kannte. Ich freute mich riesig! Endlich sollte mein Traum wahr werden: Eine Frau, fünf Kinder, Haus und Hund. Gott, war ich glücklich! Ich, der männerliebende Homo hatte sich in eine Frau verliebt. Cool!

Vor ihrer Haustür – als Gentleman bringt man natürlich die Dame nach Hause – fielen wir uns in die Arme und irgendwie ist es dann passiert! Wir waren zusammen. Ihr Hetero-Freund, mit dem sie bereits seit fünf Jahren zusammen war, steckte beruflich in den USA und wohl auch in mehreren Frauen fest. Sie hatte die

Nase voll von ihrem untreuen Freund und das war meine Chance. Wir waren wie Seelenverwandte, die sich endlich gefunden hatten.

Mit Miriam habe ich in den eineinhalb Jahren unserer Beziehung die verrücktesten Sachen gemacht. Die blödeste davon war unser nächtlicher Dreier mit meinem besten Freund Christian. Gott, war das Scheiße! Mir kann niemand erzählen, dass zwei schwule Männer – wobei, Christian war nur bisexuell – gut mit nur einer Frau klarkamen. Nun, wie dem auch sei, das war einmalig und gehörte in die unterste Schublade unserer Erfahrungen. Stattdessen ließen wir uns – zum Leidwesen von Christian, dessen Freundschaft zu mir extrem bröckelte – immer mehr aufeinander ein. Und was soll ich sagen? Wir hatten hervorragenden Sex und probierten jegliche Stellung aus, die das Kamasutra hergab. Aber irgendwann merkte ich, dass mir etwas fehlte. Ein Mann!

Ich fing an, mich mit ihr zu langweilen – sexuell gesehen – und drehte mich wieder vermehrt nach Männern um, bis ich es nicht mehr aushielt und die Beziehung beendete. Wir trennten uns freundschaftlich und bereits wenige Wochen später hatte sie ihren jetzigen Ehemann kennengelernt – ausgerechnet Christian hieß er, aber das lassen wir mal so dahingestellt!

*

„Und was macht die Liebe, Marten?“ Miriam trank ihren Kakao aus und lächelte abwartend. Ich winkte ab.

„Alles beim alten! Man sucht, man denkt, gefunden zu haben, aber dann entpuppt er sich als Albtraum. Ich meine, ich habe auch nicht so viel Auswahl wie du und all die anderen normal veranlagten Menschen. Wir sind nun mal in der Unterzahl …“

„Na, Gott sei Dank! Sonst würde die Menschheit bald aussterben“, lachte Miriam.

„Nee, bestimmt nicht. Für die Überbevölkerung sorgen Afrika und Asien schon."

Miriam ging nicht weiter darauf ein. „Und es war wirklich niemand für dich dabei? Kein einziger?", hakte sie nach. Ich stöhnte und zuckte mit den Schultern.

„Doch, Nico!"

„Nico? Und weiter?"

„Nichts und weiter. Ich war in ihn verliebt und …"

„Du bist es immer noch", sagte Miriam einfühlsam.

Ich nickte. „Ja, leider!"

„Hat er einen anderen oder ist er hetero?"

„Keins von beiden. Als ich ihn kennenlernte – in seiner knackigen sexy Polizeiuniform", Miriam hob erstaunt die Augenbrauen, „da steckte er in einer langweiligen Beziehung mit Danke-Anke …so habe ich sie immer heimlich genannt", fügte ich leise hinzu.

Miriam lachte und bestellte sich einen neuen Kakao.

„Seit wann trinkst du denn keinen Kaffee mehr?" fragte ich erstaunt.

Miriam zeigte auf ihren Bauch. Wow, sie war schwanger!

„Hey, herzlichen Glückwunsch! Du bekommst ein Baby … Das ist ja prima. Wann ist es denn soweit?"

„Noch vier Monate", winkte sie lässig ab. „Aber nun lenk nicht ab. Ich will den Rest der Geschichte auch noch hören."

„Gut", ich kannte Miriam und wusste, sie konnte sehr hartnäckig sein. „Er hat sich in mich verliebt, wir haben uns getroffen und dann habe ich ihn auf eine Juristenparty mitgenommen. Verdammt blöde Idee, wie sich im nachhinein herausstellte! Er hat sich dort prompt in Annemarie verliebt … Die kennst du doch bestimmt auch noch? Na ja, auf jeden Fall sah man richtig, wie die Funken zwischen den beiden sprühten. Es war schrecklich!"

„Das glaube ich. Ist das die Annemarie aus deiner Referendariatszeit?"

„Genau die. Mit ihrem reichen Papa und der Schwester, die heute Christian heißt …"

Miriam hielt sich glucksend die Hand vor den Mund. „Wie gut, dass mein Christian schon immer ein Mann war", bemerkte sie trocken.

„Ja, jedem das Seine. Wie dem auch sei, jedenfalls haben wir uns etwa drei Wochen später getroffen und ... na ja, was soll ich sagen? Wir sind übereinander hergefallen und es war die wundervollste Nacht in meinem ganzen Leben."

„Und dann?"

„Eine Woche später erhielt ich eine E-mail mit der Bitte, ihn nie wieder aufzusuchen. Er würde heiraten und Vater werden."

„Boah, das ist ja 'n Ding! Wann war denn das?"

„Mitte des Jahres irgendwann. Hab's mir nicht notiert." Das war glattweg gelogen. Natürlich wusste ich noch ganz genau, wann das war. Aber das behielt ich lieber für mich.

„Du Ärmster! Und jetzt willst du die nächsten zwanzig Jahre vor dich hinleiden und ihm hinterherhängen?"

Wieso kannte sie mich eigentlich so gut? Das Frauen einen immer so durchschauen mussten!

Ich schüttelte den Kopf. „Nein. Das nicht. Aber es ist halt nicht so einfach, jemanden zu finden, nachdem man seine zweite Hälfte gefunden und verloren hat. So was gibt's nur einmal im Leben. Jeder, der auch nur ein bisschen Tiefgang hat, kann das bestätigen."

„Ich bin sicher, dass sich auch noch für dich ein passender Deckel finden lässt ..." Sie tätschelte meine Hand, dann bezahlte ich die Rechnung und verabschiedete mich von Miriam.

Ich wollte unbedingt noch ein schönes Weihnachtsgeschenk für Jürgen und Klaus kaufen. Außerdem hatte ich mir fest vorgenommen, Julia zu besuchen, die sich - Gott sei Dank! – nicht hatte scheiden lassen. Stattdessen hat sie ihrem Mann gehörig den Kopf gewaschen und ihr fünftes Kind bekommen. Bei der Theaterkasse blieb ich stehen. Ich entschied mich, Gutscheine für den Zoo zu kaufen - darüber würden sich Julias Kinder bestimmt freuen. Am besten gleich mit mir als Begleitung, dann hatte Julia mal einen ganzen Tag lang frei. Stolz über meine Idee kaufte ich die – zugegeben horrend teuren - Zookarten. Danach betrat ich den Antiquitätenladen nebenan und fand eine wunderschöne Obstschale, über die sich Jürgen und Klaus hundertprozentig freuen würden. Mein Portemonnaie war zwar jetzt leer. Aber egal, ich war heute äußerst spendabel und gut gelaunt, denn ich hatte mich von meinem Amt als Staatsanwalt für ein Jahr freistellen lassen, um im Januar als Fernsehstaatsanwalt anzufangen. Ich würde nicht nur das Doppelte meines jetzigen Verdienstes bekommen, sondern – ich war wild entschlossen – auch den Mann meines Lebens am Set kennenlernen.

*

Ich packte meine Sachen zusammen und verließ das Set. In meinem Raum zog ich mir legere Klamotten an und verließ bereits nach fünf Minuten das Filmstudio. Die Arbeit war ganz witzig und machte mir manchmal sogar Spaß. Das konnte ich von meinem wirklichen Leben als Staatsanwalt nicht behaupten. Da ging es um echte Fälle und um Existenzen, die ich nicht so leichtfertig aufs Spiel setzen konnte. Aber hier war alles just for fun.

„Ah, da bist du ja! Können wir los?" Steven lächelte mich an. Er hatte die gleichen grünen Augen wie Nico. Ansonsten sah er ihm überhaupt nicht ähnlich. Ich wollte schließlich keinen Ersatzmann, denn Nico war einzigartig. Steven war unser Kameramann und mir gleich am zweiten Drehtag aufgefallen. Er lächelte mich immer besonders intensiv an und war überaus freundlich und zuvorkommend.

In einer der Drehpausen lud er mich auf einen Milchkaffee ein und so kamen wir ins Quatschen. Er arbeitete schon einige Jahre freiberuflich beim Film und hoffte, dass er eines Tages mit einem echten Knüller auf die Kinoleinwand kommen würde – natürlich hinter den Kulissen. Jeder Dreh war ein weiteres Aushängeschild für ihn und diente nicht nur dem Lebensunterhalt, sondern auch seinem Lebenslauf. Ich mochte ihn. Er war nett und witzig. Ich konnte mich gut mit ihm unterhalten und ich fühlte mich in seiner Gesellschaft wohl. Er war Single und sein letzter Partner - Christopher - ist nach Amerika ausgewandert. Eigentlich sollte er mitkommen, aber im letzten Moment hat er doch gekniffen. Er hing halt an Deutschland und der Kampf in den USA um einen der begehrten Posten in Hollywood war hart. Außerdem war Christopher nicht seine große Liebe. Ein Grund mehr zu bleiben. Mittlerweile gingen Steven und ich fast jeden Tag nach Feierabend in eines der Schwulencafés in Hamburgs City. Hier war es so gemütlich und wir konnten uns ungestört unterhalten. Händchenhalten oder Küssen in der Öffentlichkeit war eh nicht so mein Ding, aber das war für Steven in Ordnung. Es bahnte sich mehr als nur eine Freundschaft zwischen uns an. Nichts wildes, ohne die starke sexuelle Anziehungskraft, wie ich sie mit Chris – meinem Fitnesstrainer – erlebt hatte. Unsere Beziehung war noch am Keimen, zart und verletzlich. Ich wusste, ich würde ihn sehr mögen, aber an die tiefe Liebe, die ich für Nico empfunden habe – na gut, ich gebe es zu, noch empfinde – kam er nicht heran.

„Ich bin schon fertig.“ Zusammen verließen wir das Filmstudio und bemerkten den unangenehmen Nieselregen. Fröstelnd zog ich meinen Kragen hoch.

„Du?“ Ich sah Steven an. „Ich habe heute keine Lust in unser Café zu gehen. Hast du nicht Lust, mit zu mir zu kommen?“

Steven schaute auf die Uhr. Dann sah er in die Ferne und schüttelte den Kopf. „Ich kann heute nicht so lange. Ich habe meiner Mutter versprochen, ihre Waschmaschine zu reparieren.“

„Du kannst Waschmaschinen reparieren?“, fragte ich überrascht nach.

Steven grinste spitzbübisch. „Klar, ist doch ‘n Kinderspiel. Was hältst du davon, wenn wir zu mir gehen? Ich wohne doch gleich um die Ecke.“

Ich nickte und stapfte neben ihm her. Bereits nach fünf Minuten waren wir da und betraten völlig durchnässt und durchgefroren das Treppenhaus. Steven wohnte im Hochparterre. Überrascht stellte ich fest, dass ich in all den Wochen noch nicht einmal hier gewesen war. An der Tür zogen wir die Schuhe aus und nahmen sie mit in die Wohnung, wo Steven ein kleines Holzregal aufgestellt hatte. Ein kleiner Lappen fing die matschigen Regentropfen unserer Schuhe auf. Steven ging gleich in die Küche und kochte erst einmal eine große Kanne Tee. Dann gingen wir in sein Wohnzimmer. Er hatte eine kleine Zwei-Zimmer-Wohnung, die zwar recht spärlich, aber dennoch ganz gemütlich eingerichtet war. Ich nahm auf dem Sofa Platz und wartete auf den Tee. Steven brachte neben der Teekanne gleich noch ein paar Kekse mit. Dankbar nahm ich meinen Becher entgegen und ließ mir das heiße Nass einschenken. Pfefferminztee. Roch eigentlich ganz lecker. Wichtiger aber war mir, dass meine Hände auftauten.

Zum Trinken kam ich irgendwie gar nicht, denn plötzlich nahm Steven mir den Becher wieder ab und rutschte zu mir auf die Couch. Er strich mir über die Haare und fing an, mich auszuziehen und überall zu küssen. Ich war eigentlich gar nicht in der richtigen Stimmung für Sex, aber er war so vorsichtig und liebevoll, dass ich ihn nicht verprellen wollte. Außerdem war es unser erstes Mal. Irgendwie wurde mir dann doch noch recht schnell warm.

Wir liebten uns mehr als eine Stunde lang und mein Tee war schon komplett kalt geworden. Erschrocken sah Steven auf die Wanduhr. „Ach herrje! Meine Mutter!“ Verlegen schaute er mich an.

Ich zuckte mit den Schultern und erhob mich. Langsam zog ich mich wieder an und gab ihm einen Kuss auf den Mund.

„Es war sehr schön!“, sagte ich.

Steven lächelte verlegen. „Fand ich auch …“

„So, ich werde dann mal nach Hause fahren.“ Wir verabschiedeten uns und eine halbe Stunde später betrat ich meine Altbauwohnung.

Da ich schon wieder durchgefroren war, beschloss ich, ins Bad zu gehen und mir ein heißes Bad zu gönnen. Ich zog mich aus und schlüpfte in die Schaumwellen hinein. Ah, tat das gut! Plötzlich klingelte mein Telefon. Ich überlegte erst, ob ich hingehen sollte, doch dann entschied ich mich, einfach nur liegen zu bleiben. Wer sollte jetzt schon anrufen? Außerdem hatte ich einen Anrufbeantworter.

Eine halbe Stunde später ging ich zum Telefon und bestellte mir eine große Pizza bei meinem Lieblingsitaliener *Bella Italia*. Wie gut, dass Luigi seit neuestem einen Lieferservice für seine Stammkunden eingerichtet hatte. Den nutzte ich auch fleißig. Irgendwie hatte ich nach einem Drehtag oftmals keine Lust mehr, noch auszugehen. Ich war mittlerweile dreißig und wurde tatsächlich immer fauler. Oder lag das an meinem gebrochenen Herzen, wie Klaus immer behauptete? Ich wusste es nicht.

Es war bereits nach zwanzig Uhr, als ich im Bademantel vor meinem Fernseher saß, meine Pizza mit Champignons, frischen Tomaten und Extra-Käse genoss und die letzte Staffel *Queer as folk* schaute. Ich fühlte mich rundum geborgen. Steven war ein süßer, rücksichtsvoller Liebhaber, ich hatte ein heißes Bad hinter mir und für den leiblichen Genuss hatte ich auch gesorgt. Plötzlich fiel mir der Anruf von vorhin ein. Ich erhob mich schwerfällig und ging in den Flur, um meinen Anrufbeantworter abzuhören. Mein roter Knopf blinkte. Ich drückte darauf und wartete auf die Nachricht.

„Hallo Marten …“ Pause.

Guter Gott! Das war Nico. Mein Herz hatte einen Aussetzer. Mit schweißnassen Händen stützte ich mich am Flurschrank ab.

„Hier ist Nico … Ich habe dich heute im Fernsehen gesehen … Ähm … du hast wirklich … echt … toll ausgesehen … in deiner schwarzen Robe … und so braungebrannt …“

Ich ging tatsächlich nach meinem Krafttraining unter die Sonnenbank, seitdem ich auf Hawaii gewesen war.

„Ich … ich wollte bloß mal *hallo* sagen … du … fehlst mir. Ich muss immer wieder an unsere Nacht denken …“

Es klickte. Die Nachricht brach ab.

Stocksteif stand ich im Flur und wusste nicht, was ich von

Nicos Anruf halten sollte. Endlich hatte ich mich von seiner alles beendenden E-mail erholt, mein Leben komplett umgekrempelt und einen süßen Lover an meiner Seite und nun purzelte er einfach wieder in mein Leben.

*

„Frohe Weihnachten, Marten!“ Klaus und Jürgen prosteten mir zu.

Ich erhob mein Glas. „Auf Euch, meine beiden besten Freunde, die endlich zueinander gefunden haben.“

Klaus und Jürgen versahen sich mit einem Seitenblick und grinsten.

Steven stupste mir in die Seite. Fast hätte ich ihn vergessen. „Ähm … Steven. Entschuldige, Prost! Auf uns!“

Unsicher lächelte ich ihn an. Es war das erste Mal, dass ich ihn zu Klaus und Jürgen mitgenommen hatte. Unser erstes Mal – und Nicos Bandansage – war nun vier Wochen her und wir hatten uns noch so manches Mal in seiner oder meiner Wohnung getroffen, um ruhigen, aber doch erfüllenden Sex zu haben. Ich genoss die Ruhe, die er ausstrahlte. Mein Leben am Set war aufregend genug und - dem Himmel sei Dank! – Nico hatte sich nicht mehr gemeldet. Natürlich war nur ein Teil von mir froh, dass er nicht wieder angerufen hatte, der andere Teil sehnte sich schmerzlich nach ihm.

„Hier, das ist für euch!“, sagte ich und reichte Klaus und Jürgen mein Weihnachtsgeschenk.

Beide setzten sich, aufgeregt wie kleine Kinder, auf die Couch und öffneten das Paket mit akribischer Geduld – die mir von Geburt an fehlte! Ich hasste es, wenn die Leute ihre Geschenke so auspackten, als wenn sie das Papier unbedingt noch einmal wiederverwenden wollten. Genervt wandte ich mich ab und schenkte mir noch ein Glas Wein ein. Steven hatte mir einen wunderschönen, olivgrünen Kaschmirschal geschenkt. Ich hatte ihm ein altes Tonbandgerät gekauft, das ich bei Ebay ersteigert hatte. Ich weiß zwar, dass das Geschenk übertrieben groß war, aber irgendwann hatte er mal erwähnt, wie toll er die alten Dinger fand. Und da mein Gehalt so fabelhaft gut war, konnte ich es mir leisten, ihn zu verwöhnen.

„Oh, Marten! Wie wundervoll!" Klaus sprang von der Couch auf und umarmte mich stürmisch. Ich hatte ihnen eine alte dreistöckige Obstschale aus Porzellan geschenkt, die ich in diesem kleinen Antiquitätenladen in der Innenstadt aufgespürt hatte. Sie war mit kleinen Prinzen verziert und ich fand sie äußerst passend für die beiden.

Jürgen stellte sie vorsichtig auf den Tisch und kam ebenfalls zu mir. „Marten, du hast dich wieder einmal selbst übertroffen. Das ist so ziemlich das schönste, was ich je gesehen habe. Und sie passt so gut zu uns", er drehte sich zu Klaus und ergriff seine Hand, „nicht wahr, mein Schatz?"

Klaus nickte leicht betreten.

Jürgen schien seinen Fehler zu bemerken und zog Klaus in seine Arme. „Ich meinte natürlich die schönste Obstschale, die ich je gesehen habe …"

Klaus grinste und stupste Jürgen in die Seite. „So, und nun kommt dein Geschenk. Wir haben für jeden von euch eine Kleinigkeit gekauft …" Klaus reichte Steven ein Geschenk, das verdammt nach einem Buch aussah, während ich eine Geschenkbox bekam, die mit einer riesigen Schleife versehen war.

Ich setzte mich auf die Couch und zog an dem goldenen Band. Neugierig steckte ich meine Nase in die Pappschachtel. Darin lag eine schwarze Fossiluhr mit einer Gravur ‚*Für immer dein. K + J*'.

„Da liegt noch etwas drin", wisperte Klaus nervös und schaute hilfesuchend zu Jürgen.

Ich öffnete den Pappdeckel erneut und zog einen Briefumschlag heraus. Erstaunt riss ich ihn auf und war sprachlos. Die beiden hatten mir allen Ernstes eine Eintrittskarte – *eine!* – für den jährlichen Polizeiball geschenkt.

„Da ist noch was drin!", hauchte Klaus und grinste.

Ich lugte in den Briefumschlag und wühlte das Stück Papier heraus. Ein Gutschein für eine Fahrt mit dem Rolls Royce zum Ball und wieder nach Hause. Jetzt musste ich grinsen. Die beiden waren total verrückt! Ich schaute auf und fing an zu lachen, als ich in ihre ängstlichen Gesichter blickte.

„Er trägt's mit Fassung!", erwiderte Klaus aufatmend.

Auch Jürgen war beruhigt. „Wir waren uns nicht so ganz sicher, ob es das richtige ist, aber dann dachten wir uns, es macht dir vielleicht Spaß, dorthin zu gehen. Alle Polizisten müssen in Uniform erscheinen! Da konnten wir einfach nicht widerstehen."

„Außerdem haben wir die Karte bereits vor Wochen gekauft … da wussten wir noch nichts von Steven", verteidigte sich Klaus und zuckte Steven gegenüber entschuldigend mit den Schultern.

Steven winkte ab. „Kein Problem. Ich mache mir eh nichts aus solchen Veranstaltungen."

Trotz seiner Aussage war ich mir nicht ganz sicher, ob er tatsächlich so dachte. Manchmal wurde ich aus Steven nicht schlau.

„So, ihr Lieben! Dann lasst uns jetzt zum gemütlichen Teil des Abends kommen. Jürgen hat die neueste Staffel von *Queer as folk* gestern zugeschickt bekommen. Wir haben extra auf euch gewartet, um sie uns anzugucken." Klaus klatschte in die Hände und stellte Nüsse und Chips auf den Wohnzimmertisch.

Hocherfreut ließ ich mich in den Fernsehsessel plumpsen und griff nach ein paar Chips. Steven stand etwas verlegen im Raum herum, bis Klaus ihn auf die große Couch direkt neben meinem Sessel hinschob und sich mit Jürgen ans andere Ende setzte.

*

„Wen willst du eigentlich alles einladen, Schatz?" Neugierig betrachtete ich meinen Verlobten und klopfte ungeduldig auf die Gästeliste.

„Nun, ich dachte, meine Familie und vielleicht ein paar enge Freunde. So viele sind das gar nicht. Vier meiner Kollegen wollten noch kommen. Die haben doch tatsächlich gesagt, dass sie in Polizeiuniform vor dem Rathaus Spalier stehen wollen. Wie peinlich!"

„Wieso? Ist doch total süß ... so ein paar knackige Polizisten sind doch nie zu verachten", neckte ich ihn.

„Na warte, wenn ich dich kriege..."

Wie die Kinder tobten wir durch die Wohnung, bis wir schließlich völlig außer Atem auf unserem großen Doppelbett landeten. Innerhalb von Minuten lagen meine Klamotten auf dem Boden und ich spürte die fordernden Küsse auf meiner Haut. Ich drehte mich auf den Bauch und streckte meinem bald Angetrauten meinen Po hin. Irgendwie hatte ich heute keine Lust auf ein langes Vorspiel. Überrascht quiekte ich leise auf, als ich seinen Schwanz tatsächlich spürte. Zuerst drang er nur ganz langsam in mich ein, doch dann wurden seine Stöße immer fordernder. Er packte mich an den Hüften und brachte sich mit harten Bewegungen zum Höhepunkt. Doch bevor er sich erschöpft neben mir ins Laken fallen ließ, wälzte ich ihn auf den Bauch und schob mich auf seinen Rücken. Ich hielt ihn an den Handgelenken fest und suchte nun meinerseits mit meinem Schwanz seine enge Öffnung. Eigentlich war er ja der Polizist, doch mitunter genoss ich es, wenn ich mal die Oberhand hatte. Voller Wonne stieß ich ihm in den Arsch und ergoss mich in ihm. Wir fickten den ganzen Sonntagabend und brachen schließlich völlig erschöpft auf unserem großen Bett zusammen. Den Tatort hatten wir verpasst.

*

Es war mittlerweile Anfang März und ich hatte heute zum ersten Mal keine Lust auf Stevens Gesellschaft gehabt. Irgendwie trieb es mich nach Hause. Unterwegs hatte ich mir beim Chinesen noch Reis mit Huhn Chop Suey herausgeholt und wollte einfach nur noch essen, Fernsehen gucken und mit niemandem mehr quatschen müssen. Heute war es echt nervig am Set gewesen. Ich sollte so eine absolut anstrengende, aufgetakelte Tussi mit pinkfarben lackierten Fingernägeln und wasserstoffblond gefärbten, hochtoupierten Haaren wegen einer gefährlichen Körperverletzung ins Gefängnis bringen und die Alte hat wie eine Furie den Gerichtssaal zusammengeschrien. Zwischendurch habe ich mich gefragt, auf welcher Schauspielschule sie sie aufgegriffen hatten. Mir kam die eher vor wie eine Hartz IV-Empfängerin, die ihr Taschengeld etwas aufbessern wollte. Ich ignorierte meinen Anrufbeantworter und warf meinen Mantel auf den wild blinkenden Knopf, bevor ich es mir anders überlegen konnte. Dann wusch ich mir die Hände und ließ mich auf mein Sofa fallen. In einer Hand hielt ich mein Essen, in der anderen die Fernbedienung. Klaus und Jürgen hatten mir die neueste Staffel von *Queer as folk* ausgeliehen und die wollte ich heute Abend genießen.

Kaum hatte ich aufgegessen und mir noch ein kleines Eis aus dem Tiefkühler geholt, als es an der Wohnungstür klingelte. Wer mochte das sein? Ich sah auf die Uhr. Es war gerade mal achtzehn Uhr dreißig. Mühsam erhob ich mich und ging auf Strumpfsocken in den Flur. Genervt spähte ich durch den Spion … und fiel fast rückwärts auf meinen Flurschrank. Mir stockte der Atem und ich versuchte, meinen Puls wieder runterzubringen. Ich schaute erneut durch den Spion. Kein Zweifel! Vor meiner Tür stand niemand anderes als Nico! Ich atmete tief durch, hing noch schnell meinen Mantel an die Garderobe und öffnete die Tür.

„Hi!" Nervös trat Nico von einem Bein aufs andere. Gott, sah er schon immer so gut aus? Er war braungebrannt – trotz des kalten Winters, der hinter uns lag – und seine grünen Augen sprangen mir förmlich entgegen.

„Hallo Nico", ich räusperte mich. „Was verschlägt dich denn in meine Gegend?"

„Ich … ich … darf ich reinkommen?"

Ich trat beiseite und ließ ihn eintreten. Unsicher stand er vor mir und knöpfte sich den Mantel auf. Seit wann trug er Mäntel? Eigentlich war er doch eher der Outdoor-Jacken-Typ! Ich nahm ihm den Mantel ab und hängte ihn zu meinem. Dann drehte ich mich um und stieß fast mit ihm zusammen. Er war hinter mir hergekommen und stand nur noch wenige Zentimeter von mir entfernt. Unsere Nasen berührten sich fast, während er mich verlegen anlächelte.

„Du hast mir gefehlt!“, hauchte er und stürzte sich plötzlich auf mich. Sein Mund lag auf meinem und ich spürte, wie seine Zunge nach meiner tastete.

Eigentlich hätte ich ihn jetzt wegstoßen müssen, aber ich konnte nicht. Mein Verstand war umnebelt, mein Gehirn stellte auf stur und mein Körper schrie mit jeder Faser nach ihm. Wir lagen uns in den Armen und küssten uns wie ausgehungerte Schiffbrüchige, die zum ersten Mal wieder eine warme Mahlzeit bekamen. Mit einem leichten Tritt schloss ich die Wohnungstür und ließ mich – küssenderweise – ins Wohnzimmer ziehen. Im Gehen riss Nico mir die Kleidung vom Leib und ließ seine Hände über meinen – mittlerweile stark durchtrainierten – Körper fahren. Jede seiner Berührungen brannte auf meiner Haut wie Feuer! Bevor ich ihn entkleiden konnte, hatte er sich sein Hemd aufgerissen, die Hose runtergestrampelt und mich auf die Couch gestoßen. Dann landete er auf mir, küsste und liebkoste jede Stelle meines Oberkörpers und kam endlich in meiner Mitte an. Ich glaube, ich habe es noch nie so genossen, einen geblasen zu kriegen. Als ich kam, schloss ich für einen Augenblick die Augen. Ich glaubte, zu träumen. Ich öffnete meine Augen wieder und sah in ein fast entspanntes Gesicht, das ich all die Monate so wahnsinnig vermisst hatte. Wir küssten uns erneut, dann drehte er mich auf den Bauch und drang von hinten in mich ein. Danach glitt er auf meinen Rücken und blieb dort liegen. Ich genoss seine Wärme und verschwendete keinen einzigen Gedanken an Steven, den ich soeben – entgegen meiner sonstigen Art – betrogen hatte.

*

„Und was machst du nun?“ Mit großen Augen sah Klaus mich an und nippte an seinem Glas.

Jürgen seufzte theatralisch und legte die Gabel beiseite.

Ich zuckte mit den Schultern. „Ich weiß es auch nicht. Eigentlich war mein Leben gerade … ruhig … und …“

„… und langweilig“, ergänzte Klaus kopfschüttelnd. „Marten, du hast doch nicht ernsthaft daran geglaubt, dass Steven dein Deckel ist, oder?“

Darüber brauchte ich nicht lange nachzudenken. „Nein, habe ich nicht! Trotzdem“, versuchte ich ihn zu verteidigen, „er ist ein anständiger, zuverlässiger und ausgeglichener Partner.“

„Ist der Sex mit ihm gut?“, fragte Jürgen und versah Klaus mit einem anzüglichen Seitenblick.

„So gut wie mit Nico, meinst du?“, fügte Klaus hinzu.

„Nein. Er ist nicht einmal annähernd so gut. Mit Nico … ist das irgendwie anders. Nico ist wie Feuer … unter seinen Berührungen habe ich das Gefühl zu verbrennen.“

Klaus und Jürgen versahen sich wieder mit einem wissenden Seitenblick. „Und was ist mit Annemarie und den Babys?“

„Und dem Haus?“, fügte Klaus hinzu.

Ich grinste. Die beiden waren wie ein altes Ehepaar. Jeder führte den Gedanken des anderen zu Ende. Sie waren fast schon niedlich.

„Keine Ahnung! Nachdem wir uns den ganzen Abend über wild geliebt haben, ist er gegangen. Er hat versprochen, sich zu melden. Das ist jetzt vier Tage her.“

Mein Handy schrie aus dem Flur. „Sie haben Post, uhuhuhuuuu!“ Ich erhob mich, legte die Serviette auf den Tisch und entschuldigte mich. Als ich wieder ins Wohnzimmer kam, hielt ich grinsend mein Handy in der Hand.

„Lass mich raten! Die Nachricht kam von Nico!“

Ich nickte und las vor.

Hi, Marten, mein wilder Hengst!
Ich spüre noch immer deine Haut auf meiner. Kann ich morgen Abend vorbeikommen?

Heißer Kuss, Nico

„Wow!“, entfuhr es Klaus. „Vielleicht meint er es jetzt tatsächlich ernst.“

„Wir drücken dir die Daumen!“

*

Kaum hatte Nico meine Wohnung betreten, lagen wir auch schon auf dem Läufer und rissen uns die Klamotten vom Leib. Wir schafften es nicht, uns auch nur eine Sekunde voneinander zu lösen. Zu lange hatten wir einander entbehrt. Außer Atem und vollkommen verschwitzt stolperten wir eine Stunde später ins Bad und ließen uns ein heißes Bad einlaufen. Gemeinsam stiegen wir hinein. Nico setzte sich hinter mich und umarmte mich. Es dauerte gar nicht lange, da hatte er seine Finger auch schon wieder an meinem Schwanz. Eigentlich dachte ich, ich könne nicht mehr - und schon gar nicht in einer heißen Badewanne – aber offenbar ging mit Nico alles. Ich lehnte mich zurück und genoss seine Hände.

„Ich weiß gar nicht, wie ich es all die Monate ohne dich ausgehalten habe?“, hauchte Nico mir ins Ohr.

Ich erzitterte. „Ich schon! Mir ging es gar nicht gut, während du dich mit Annemarie amüsiert hast …“

Nico zog mein Gesicht zu sich herum. „Das Leben mit ihr ist ganz okay … aber es ist nicht das gleiche … irgendwie sind das zwei völlig verschiedene Welten. Ich meine … sie ist eine Frau!“

„Und deine beiden Kinder?“

„Gott, sind die süß! Ich möchte nicht einen Tag mit ihnen missen. Letzte Woche erst hat Teddy mich so frech angegrinst. Da geht die Sonne auf …“

Schwärmerisch verdrehte er die Augen. Ich konnte seine Gefühle gut nachvollziehen. Kinder waren toll!

*

„Hi, Steven!“ Mit klopfendem Herzen stand ich im Hausflur vor Stevens Wohnung und fühlte mich äußerst unwohl in meiner Haut. So musste es den Menschen gegangen sein, die zum Schafott geführt wurden. Man wusste, dass etwas Schreckliches bevorstand, konnte aber das Ausmaß nicht genau abschätzen. Ich hasste Trennungsszenen.

Steven lächelte mich schüchtern an. „Hallo, Marten. Komm doch herein!“

Ich zog meinen Mantel und meine Schuhe aus und folgte ihm ins Wohnzimmer. Dort setzte ich mich auf das kleine Sofa und faltete meine Hände. Steven brachte mir ein Glas mit Mineralwasser – heute hätte ich lieber einen doppelten Whiskey getrunken – und setzte sich neben mich. Er fasste mir an die Schulter und streichelte mich. Ich schüttelte den Kopf und schob seine Hände sanft, aber bestimmt, zur Seite.

Erstaunt sah er mich an. „Stimmt etwas nicht?“

Ich atmete tief durch. „Ähm ... würde es dir etwas ausmachen, wenn ich das Fenster öffne?“

Steven stand auf und drehte am Fenstergriff. Die frische, eiskalte Luft strömte sofort in die geheizte Bude und klarte meine Gedanken. „Danke, Steven!“

Er setzte sich wieder hin, dieses Mal aber auf den Sessel.

„Ich muss mit dir reden ...“

Mit großen Augen sah Steven mich an. Nervös wurschtelte ich mit meinen Händen herum. Ach, was soll’s, Marten, sprach ich mir selbst Mut zu. Da musst du jetzt durch. „Ich ... denke ... ich meine ... ich möchte unsere Beziehung beenden.“

Steven nickte gefasst. „Damit habe ich bereits gerechnet.“

„Hast du?“

„Ja. Seit zwei Wochen bist du völlig durch ‘n Wind. Du machst am Set Fehler, die dir vorher nie unterlaufen sind. Du warst oft so ... abwesend. Hast vor dich hingeträumt und vor dich hingelächelt, als hättest du dich unsterblich verliebt. Ich wusste, dass ich nicht die Ursache für deine Verhaltensänderungen war.“

„Es tut mir leid, Steven! Es liegt wirklich nicht an dir. Du bist ein netter, ruhiger und rücksichtsvoller Partner … aber … ich liebe dich nicht.“

„Ich weiß! Macht nichts, Marten. Ich wusste von Anfang an, dass unsere Beziehung nicht von Dauer ist.“

Ich atmete erleichtert auf. Das war ja absolut harmlos und glimpflich abgelaufen. Keine Heulkrämpfe, kein Anflehen, nur ein ruhiges Lächeln.

„Möchtest du noch etwas bleiben?“

Kopfschüttelnd stand ich auf. „Ich glaube, ich gehe besser, Steven. Sei mir nicht böse!“

An der Wohnungstür umarmten wir uns noch einmal kurz, dann war ich auch schon draußen auf der Straße und lief erleichtert nach Hause.

*

„Hi, Marten! Ich muss dir für heute leider absagen. Teddy kriegt Zähne. Da will ich Annemarie nicht alleine lassen.“

„Ist schon in Ordnung. Die Kinder gehen vor. Kommst du morgen?“

„Nein! Ich … ich denke, die nächste Woche wird das auch nichts. Annemarie hat mich schon gefragt, ob ich ‘ne andere Frau kennengelernt habe. Sie ist so misstrauisch, dass sie meine ganzen Sachen durchwühlt hat. Wenn sie wüsste, dass wir beide … ich glaube, sie würde tot umfallen!“

„Hm.“

Stille.

„Und wie stellst du dir das auf Dauer vor? Du kannst nicht ewig ‘n Spagat zwischen Annemarie, den Kindern und mir machen.“

Nico stöhnte leise auf. „Ach, Marten. Ich weiß es doch

auch nicht. Okay, weißt du was, ich komme morgen Mittag für ‘ne Stunde vorbei.“

Wie großzügig du doch bist, dachte ich verbittert. Was sollte das bloß werden? War ich jetzt wie all die armseligen Frauen, die sich an einen verheirateten Mann banden, der ihnen jahrelang versprach, dass er Frau und Kinder für seine Mätresse verlassen wird? Was für eine Horrorvorstellung. Meine Gefühle für Nico erhielten einen Dämpfer. Ich verabschiedete mich und beschloss, heute mal das Handballtraining auszuprobieren, das an Freitagabend in der Sporthalle um die Ecke stattfand. Ich packte meine Sporttasche und verließ das alte Mietshaus, in dem ich wohnte. Etwas nervös erreichte ich die Halle. Vor der Halle warteten bereits mehrere Männer.

„Hallo! Ich bin Marten. Ich wollte mal fragen, ob ich vielleicht mittrainieren könnte …“ Unsicher sah ich die anderen an. Einer von ihnen streckte mir seine Hand entgegen und lächelte.

„Ich bin Ben. Wir freuen uns immer über Verstärkung. Klar, kannst du mitmachen.“

„Ob ich eine großartige Verstärkung bin, weiß ich gar nicht. Das letzte Mal habe ich vor zehn Jahren Handball gespielt.“

Ben winkte ab. „Da kommst du schnell wieder rein. Ist wie Fahrradfahren. Verlernt man auch nicht.“

Ein weiterer Mann kam, der mit großem Hallo begrüßt wurde und offenbar der Trainer war. Er schloss die Halle auf und ließ uns eintreten. Ben stellte mich ihm vor, dann gingen wir in die Umkleidekabine, um uns umzuziehen. Fünf Minuten später stand ich etwas verloren in der Halle herum und wartete auf die Dinge, die da kommen sollten.

Frank, der Trainer, versammelte alle um sich herum und holte einen Basketball heraus. Dann teilte er die Mannschaften ein und wir spielten Frauenbasketball, wie er es nannte. Dabei mussten wir den Ball nicht ins Netz, sondern gegen das Brett werfen und wieder auffangen, um einen Punkt zu erhalten. Ich war bereits nach zehn Minuten ganz schön aus der Puste, obwohl ich seit Monaten in den Fitnessclub ging. Das Training war super, aber total anstrengend. Mit zitternden Beinen lief ich eineinhalb Stunden später nach Hause und ließ mich auf meine Couch fallen. Geduscht hatte ich mit den anderen in der Halle. Ben war echt nett. Er musste so um die vierzig sein und kümmerte sich rührend um mich. Irgendwann im Laufe des Trainings erzählte er mir, dass er Polizist sei. Irgendwie verfolgte mich dieser Berufszweig. Nicht, dass ich was dagegen gehabt hätte, aber es war doch erstaunlich, wie viele ich von ihnen mittlerweile kennengelernt hatte. Mein Handy schrie: „Sie haben Post, uhuhuhuuuu!" Ich überlegte kurz, ob ich mich von der Couch wieder aufrappeln sollte und entschied mich dann dafür.

Hi M.,
bin morgen um 11 bei dir. Muss zum Mittagessen zurück sein.
LG, N.

Na toll! Meine Endorphine waren verpufft. Ich fühlte mich jetzt tatsächlich wie eine Mätresse. Schrecklich.

*

„Der Cappuccino ist gleich fertig. Der Apparat schäumt nur noch eben die Milch auf."

„Sonst lass doch das Kaffeekochen und setz dich zu mir ins Wohnzimmer."

Etwas gestresst drückte ich auf den Expressknopf an meiner Hightech-Kaffeemaschine, die mich fast ein ganzes Monatsgehalt gekostet hatte, und füllte den Cappuccino in zwei große Becher. Dann balancierte ich das dampfende Gebräu ins Wohnzimmer und knallte es etwas zu heftig auf den Tisch. Erschrocken fuhr Nico zurück.

„Du bist aber schreckhaft. Was ist denn mit dir los?" Kopfschüttelnd lächelte ich ihn an. Er war trotz seiner Bräune doch etwas blass um die Nase.

„Ach, ich weiß auch nicht. Seitdem wir uns heimlich treffen, bin ich irgendwie so nervös. Dazu noch das ständige Kindergeschrei … und Annemarie schnüffelt mir auch bei jeder Gelegenheit hinterher."

„Du Ärmster!", bedauerte ich ihn, wobei ich, wenn ich ganz ehrlich zu mir war, keinerlei Mitleid für ihn empfand. Er hatte sich schließlich selbst in diese Lage hineinmanövriert und er wollte auch nichts daran ändern.

„Du könntest Annemarie auch endlich reinen Wein einschenken …", gab ich zu bedenken.

Nico schüttelte den Kopf. „Bloß nicht! Die spricht nie wieder mit mir."

„Liebst du sie?"

„Ja. Und die Kinder auch."

„Und wie stellst du dir unsere Zukunft vor?"

Nico zuckte mit den Schultern. „Ehrlich, ich weiß es nicht. Am liebsten wäre es mir, wir könnten es so handhaben wie die letzten vier Wochen."

„Heimliche Treffen zwischendurch?"

„Genau. Eben so, dass Annemarie keinen Verdacht schöpft. Ich könnte auch einen Männertag einführen, dann hätten wir zumindest den Samstag für uns. Viele meiner Freunde machen das so. Und die Frauen haben das akzeptiert."

„Ich glaube, das reicht mir nicht, Nico."

Wieder zuckte Nico nur mit den Schultern. „Was soll ich sagen, Marten? Ich bin ein verheirateter Mann und habe nicht nur eine Frau, sondern auch Kinder, für die ich Verantwortung übernommen habe. Ich kann Annemarie jetzt nicht einfach so sitzen lassen."

„Ich bin auch nicht davon ausgegangen, dass du sie einfach so sitzen lässt. Ich dachte, du würdest genauso für mich empfinden, wie ich für dich!"

„Und wie empfindest du für mich?", schnarrte Nico leise und fiel auf dem Sofa über mich her.

Er küsste mich überall und zog mir die Hose schneller runter, als mir lieb war. Irgendwie war ich heute nicht in Stimmung. Ich fühlte mich wie auf dem Abstellgleis geparkt. Wie ein Mann zweiter Wahl. Wie ein fünftes Rad am Wagen. Und genau das war ich auch.

*

„Mensch, Marten! Du siehst aber alles andere als glücklich aus. Was ist dir denn für eine Laus über die Leber gelaufen?“

Julia schenkte mir eine Tasse heißen Tee ein und reichte mir den Teller mit den selbstgebackenen Keksen. Ich winkte traurig ab. Vor viereinhalb Wochen dachte ich, ich sei im Himmel auf Erden, als Nico plötzlich vor meiner Tür stand. Und jetzt wurde ich Tag für Tag immer unglücklicher. Nico entpuppte sich als ständig genervter, gelangweilter Macho, der sich von vorne bis hinten bedienen ließ und dem nichts schnell genug ging. Wenn er vorbeikam, dann höchstens für ein oder zwei Stunden, in denen er ständig auf die Uhr schaute. Der Sex wurde immer kürzer und irgendwie hatte ich mittlerweile kaum noch Lust, mit ihm intim zu werden. Und das bereits nach viereinhalb Wochen, wo ich doch mehr als eineinhalb Jahre auf ihn gewartet und ihm nachgetrauert hatte.

„Ach, Julia! Irgendwie läuft es mit Nico ganz anders, als geplant …“

„Wie meinst du das?“

„Nun, ich dachte, wenn wir zusammen sind, dann genießen wir die Zeit und haben Spaß miteinander – nicht nur sexuell. Aber er hat keine anderen Gesprächsthemen als Annemarie und die Zwillinge. Ich kann es nicht mehr hören.“

„Na ja, seine Familie nimmt nun einmal einen großen Platz ein in seinem Leben … viele Menschen vergessen dann, dass es noch andere Dinge gibt.“

„Du nicht“, bemerkte ich trocken.

Julia lachte. „Nein, ich nicht. Aber ich gehöre auch zu den missachteten Frauen, die mit fünf Kindern arbeiten geht. Die meisten Frauen bleiben doch schon mit zwei, spätestens aber mit drei Kindern zu Hause, um ihre Gören zu verkorksen."

„Das hast du schön gesagt!"

Julia lachte erneut auf. „Sei nicht so verbittert. Entweder gibst du Nico noch etwas Zeit, um sich auf die neue Situation einzustellen und sich dann zu entscheiden …"

„… oder?"

„... oder du beendest die Sache, bevor du zu tief da drinnen steckst und mit ewig gebrochenem Herzen herumläufst."

„Hm. Wahrscheinlich hast du recht. Ich warte einfach noch mal ein paar Wochen ab."

„Wann ist denn der legendäre Polizeiball, für den dir Jürgen und Klaus eine Karte geschenkt haben?"

„Samstag in zwei Wochen."

„Und geht Nico mit?"

„Nico geht mit Annemarie dorthin."

„Na, da bin ich ja mal gespannt, was du danach zu berichten hast."

*

„Du willst doch nicht allen Ernstes einen hellen Anzug zur Hochzeit anziehen, oder?"

Ich schüttelte den Kopf. Ich hatte zwar darüber nachgedacht, aber irgendwie erschien mir das beigefarbene Sakko jetzt alles andere als passend.

„Na, da bin ich aber beruhigt. Ich dachte, ich ziehe vielleicht einen dunkelblauen und du einen anthrazitfarbenen Anzug an. Anthrazit steht dir so gut."

Ich grinste und streichelte meinem Verlobten über den Rücken. „Schon überredet."

*

„Jürgen, ach, du bist es!“ Enttäuscht stand ich im Flur und hielt den Telefonhörer am Ohr.

„Wie schön, dass du dich über meinen Anruf so freust. Du lässt ja gar nichts mehr von dir hören, seitdem du mit Nico zusammen bist. Offenbar bist du zurzeit mit vielen anderen Dingen beschäftigt und vergisst ganz, dass du noch ein paar Freunde hast, die dich vermissen.“

„Entschuldige! So war das nicht gemeint. Ach Jürgen ...“

Plötzlich war ich den Tränen nahe. Etwas, was mir sonst nie passierte. Normalerweise war ich ziemlich hart im Nehmen, aber die kurzen, heimlichen, stressigen Treffen mit Nico strengten mich unglaublich an. Ich hatte zu nichts mehr Lust. Nicht einmal die Arbeit machte mir mehr Spaß.

„Wir sind gleich bei dir.“ Klick. Jürgen hatte aufgelegt.

Er war der sensibelste, einfühlsamste Mann, dem ich je begegnet war. Er war fast wie ein Vater für mich. Mit hängenden Schultern schlich ich in mein Wohnzimmer zurück und ließ mich auf die Couch plumpsen. Ich spürte, wie mir langsam die Tränen übers Gesicht liefen und sah mich suchend nach meinen Taschentuchpackungen um. Ich angelte nach einem rettenden Tempo und schnäuzte lauthals meine Nase. Plötzlich klingelte es an der Tür. Ich sprang erschrocken auf. Das konnte unmöglich schon Jürgen sein. Der hatte doch erst vor fünf oder zehn Minuten das Telefonat beendet. Schniefend ging ich zur Tür und sah durch den Spion. Es war tatsächlich Jürgen. Ich öffnete.

Jürgen und Klaus drängten wortlos in meine Wohnung und rissen mich in ihre bärigen Arme. Ich bekam kaum noch Luft und spürte, wie sie mir fürsorglich über den Kopf streichelten. Mit einem Fußtritt schloss Jürgen die Tür und hielt mich in seiner Umarmung. Und mit einem Mal musste ich lachen. Wir drei Männer mussten ein so komisches Bild abgeben, dass ich nicht mehr an mich halten konnte.

„Jetzt ist er völlig übergeschnappt“, bemerkte Klaus mitleidsvoll und räusperte sich. Mit sorgenvoller Miene schaute er mir ins Gesicht.

Widerstrebend löste Jürgen die Umarmung und schaute ratlos zwischen Klaus und mir hin und her.

Ich stand mittlerweile gekrümmt im Flur und lachte, dass mir der Bauch weh tat. Als ich mich endlich beruhigt hatte, deutete ich auf mein Wohnzimmer. Leicht verdutzt liefen die beiden vorweg und ließen sich auf mein Sofa fallen. Ich setzte mich in den Sessel und wischte mir die tränennassen Wangen trocken.

„Ich dachte, du bist jetzt der glücklichste, verliebteste Mensch, der hier auf Erden herumläuft … außer uns beiden natürlich.“ Jürgen ergriff liebevoll Klaus’ Hand und drückte sie.

Klaus erwiderte seinen Blick und kicherte.

Ich atmete tief durch und hielt mir den harten Bauch. „Ja …“, stammelte ich mit brüchiger Stimme. „Eigentlich müsstest du recht haben …“

„Aber?“ Fragend sahen mich die beiden an.

Ich zuckte mit den Schultern. „Ach, ich weiß auch nicht. Nico hat kaum Zeit. Und wenn er da ist, redet er nur von seiner Familie oder lässt sich von mir bedienen. Teilweise hat er richtige Machoallüren. Marten, hol mir dies, hol mir das … hast du nicht was zu essen da … ach, mir ist so langweilig …“

Erschrocken fasste sich Klaus an die Brust. „Ist das wahr? Ich hätte gar nicht gedacht, dass Nico so … so … hetero ist“, spuckte er abfällig aus.

Ich musste grinsen.

Jürgen winkte ab. „Ich glaube, dieses Machoverhalten ist unabhängig von geschlechtlichen Neigungen. Es gibt auch jede Menge Schwule, die sich ihren Partnern gegenüber so verhalten.“

„Ach“, mit erstaunter, ja, eifersüchtiger Miene starrte Klaus Jürgen an. „Woher weißt du das denn?“

Jürgen lächelte und tätschelte beruhigend Klaus’ Hand. „Glaub mir, ich habe in den vielen Jahren meines Richteramtes schon genug erlebt. Umsichtiges Verhalten ist nicht von sexuellen Vorlieben abhängig. Es gibt solche und solche Menschen.“

„Hm.“ Klaus hüllte sich in Schweigen.

„Schätzchen, du solltest mal wieder was anderes machen und an andere Dinge denken. Geh doch mal wieder aus. Oder wir machen noch mal so einen Spieleabend. Der letzte war doch toll", schlug Jürgen vor.

Ich verzog den Mund. Noch so ein Spieleabend? Unsicher schaute ich zu Klaus.

„Der Polizeiball ist doch in zwei Wochen. Bis dahin solltest du dich ordentlich ablenken und Nico nicht zu viel Platz in deinem Leben einräumen … finde ich", fügte Klaus leise hinzu.

Ich nickte. Darüber hatte ich auch schon nachgedacht. Vielleicht war Nico gar nicht der passende Deckel für mich. Wahrscheinlich klapperte er ganz gewaltig und ich wollte es nur nicht wahrhaben, da ich schon so lange auf ihn gewartet und mir die schönsten Dinge mit ihm zusammen ausgemalt hatte.

„Vielleicht hast du recht. Okay. Dann komme ich nächste Woche zu euch. Über eines eurer grandiosen Essen würde ich mich riesig freuen. Und danach machen wir einen Spieleabend."

Klaus klatschte erfreut in die Hände. „Super! Dann bist du hiermit herzlich eingeladen. Wir kochen was Feines und danach spielen wir … meine Cousine ist zwar zurzeit in Italien, aber das macht nix. Wir könnten doch Thorsten und Markus fragen, ob sie Zeit haben. Was meinst du, Jürgen-Schatz?"

Jürgen dachte kurz nach, dann nickte er. „Ich glaube, die Idee ist brillant."

Verliebt lächelten sich die zwei an und nahmen ihr Mineralwasser dankend entgegen, das ich unter dem Tisch hervorgezaubert hatte.

*

Eine Woche später - ich hatte Nico in der letzten Woche nur ein einziges Mal für eine Stunde zwischen seinen vielen Familienterminen gesehen – klingelte ich bei Jürgen und Klaus und vernahm den herrlichen Essensgeruch, der mir entgegenströmte, als Klaus die Tür öffnete.

„Hallo, Schätzchen. Komm doch rein!"

Wir begrüßten uns und ich reichte ihm eine Flasche Rotwein und ein paar Chips für den späteren Abend.

Verwundert schaute er auf die Tüte. „Seit wann isst du das fettige Zeug?“

„Seitdem ich einen unausgeglichenen, heimlichen Liebhaber habe …“

„Oh!“ Klaus verschwand in der Küche. Ich hängte meinen Mantel an die Garderobe und betrat das Wohnzimmer.

„Mach es dir schon mal gemütlich …“, rief Jürgen aus der Küche.

Als ich das Wohnzimmer betrat, stutzte ich. Vor mir am Esstisch saßen bereits zwei Männer und lächelten mich an. Ich trat näher und reichte beiden die Hand.

Klaus betrat das Zimmer und räusperte sich. „Darf ich vorstellen … das ist Thorsten“, er zeigte auf den linken, dunkelblonden, sympathisch aussehenden Mann so um die dreißig, „und das ist Markus.“

Als Thorsten meine Hand berührte, hatte ich das Gefühl, in eine Steckdose zu fassen. Wie elektrisiert blieb ich stehen und hielt seine Hand fest. Sein Haar war recht kurz geschnitten, war auf dem Kopf aber wild durcheinander gestrubbelt. Seine grünen Augen leuchteten, während sie von kleinen Lachfältchen umspielt wurden. Sein Mund hatte die perfekte Form eines Bilderbuchkussmundes und verzog sich zu einem umwerfenden Lächeln.

Klaus stellte die Vorspeise auf den Tisch. „Thorsten ist übrigens auch Polizist“, fügte er mit einem Augenzwinkern leise hinzu.

Ich ließ widerwillig Thorstens Hand los und setzte mich an den Tisch. Ich vermutete, dass die beiden ein Paar waren und so wollte ich nicht zu sehr an Thorstens Erscheinung hängen, obwohl ich meinen Blick kaum abwenden konnte. Markus schien das zu bemerken. Er rückte seinen Stuhl zurecht und stand auf. „Brauchst du noch etwas, Schatz?“, fragte er betont auffällig.

Thorsten sah ihn stirnrunzelnd an und schüttelte den Kopf.

Markus verließ das Wohnzimmer und ging zur Gästetoilette.

„Bist du etwa auch Polizist?“, fragte Thorsten sogleich.

Ich verneinte. „Ich bin Staatsanwalt.“

„Aber Polizisten sind Martens Steckenpferde“, wisperte Klaus leise, dass nur wir ihn hören konnten.

Ich räusperte mich und lächelte beschämt. „Na ja … Polizisten sind halt …“

„Was?“ Neugierig sah mir Thorsten tief in die Augen.

Mein Kopf war mit einem Mal wie leergefegt. Ich suchte nach Worten, aber Thorstens Anblick verwirrte mich dermaßen, dass ich einfach nur rot anlief und nicht mehr wusste, was ich gerade für eine Frage beantworten sollte. Hinter mir räusperte sich jemand. Ich fuhr herum und sah Markus in der Tür stehen. Es passte ihm offensichtlich überhaupt nicht, dass ich von Thorsten so eingenommen war.

Jürgen kam an den Tisch und begrüßte mich mit einer kurzen Umarmung. Dann servierte er das Essen. Die Suppe war vorzüglich und die Steaks mit den Backkartoffeln ein Gedicht. Während des Essens versuchte ich, mich voll und ganz auf meinen Teller zu konzentrieren, aber hin und wieder schaute ich dann doch hoch. Thorstens Blicke trafen mich jedes Mal mitten ins Herz. Mein Magen fuhr Achterbahn. Das war ja noch schlimmer, als bei Nico damals.

„Was machst du denn so beruflich?“, fragte Markus höflich.

Ich sah von meinem Teller auf. „Ich …“

„Er ist Staatsanwalt“, kam mir Thorsten zuvor und zwinkerte mir zu.

Pikiert sah Markus seinen Freund an. „Ach, und woher weißt du das?“

Achtlos zuckte Thorsten mit den Schultern. „Wir hatten vorhin schon das Vergnügen, uns etwas zu unterhalten, während du die Kanalisation bereichert hast.“ Frech grinste er Markus an.

Dieser wandte sich seinem Essen zu und sagte kein Wort mehr.

„Seit wann seid ihr zusammen?“, fragte ich vorsichtig. Thorsten zuckte erneut mit den Schultern. „Äh ... seit ... nicht ganz drei Jahren ...“

Es war ihm sichtlich unangenehm, darüber zu sprechen. Nun musste ich grinsen.

„Was für eine Sportart machst du?“ Vielsagend sah Thorsten auf meinen Oberkörper. „Du hast ja dermaßen viele Muskeln, dass ich ganz neidisch werden könnte bei deinem Anblick.“

Ich errötete. Schon wieder. Wie peinlich.

„Marten geht in den schicken Fitnessclub in Wandsbek“, erwiderte Jürgen und füllte meinen Teller mit Steak und Kartoffeln auf.

Dankend lächelte ich ihn an. Das Fleisch war ein Meisterwerk. „Und an den Freitagabenden gehe ich jetzt zum Handball.“

Klaus quiekte auf. „Was? Schätzchen, das hast du aber bisher verschwiegen. Erzähl, was ist das für ein Verein, was sind da für Männer ...“ Klaus überschlug sich fast.

Strafend sah Jürgen ihn von der Seite an.

„Die Halle ist gleich bei mir um die Ecke. Es ist die Eilbeker Herrenmannschaft. Sind alle so in meinem Alter, ein paar sind auch schon um die vierzig. Ich glaube, die haben alle unterschiedliche Berufe, wobei zwei Polizisten im Team sind.“

„Ach.“ Klaus steckte sein abgeschnittenes Steakstück in den Mund. „Na, das is‘ ja was für dich ...“ Er zwinkerte mir zu.

„Wieso?“, fragte Markus unwirsch nach. Ihm war nicht entgangen, dass Thorsten und ich uns immer wieder tiefe Blicke zuwarfen.

Ich räusperte mich. „Nun ... ich ... mag ... den Schlag Mensch, der bei der Polizei arbeitet ...“

„Sind halt richtige Männer, nicht wahr“, kicherte Klaus hinter vorgehaltener Hand. „Abgesehen von dir, mein Richter-Schätzchen ... du bist natürlich auch ... ein richtiger Mann“, fügte er schnell hinzu und gab Jürgen einen kleinen Kuss auf die Wange. Schmunzelnd ließ dieser es geschehen und nippte an seinem Weinglas.

Thorsten grinste mittlerweile bis über beide Ohren. Er sah mir tief in die Augen und plötzlich spürte ich einen Fuß an meinem. Hitze schoss mir ins Gesicht. War das Absicht oder ein Versehen? Langsam streichelte der Fuß über meinen Schaft bis hin zum Schienbein.

Ich verschluckte mich fast an meinem Fleisch.

„Ist alles in Ordnung, Schätzchen?“ Besorgt sah Jürgen mich an.

Ich nickte und hielt mir die Serviette vor den Mund. Ich beschloss, den Fuß zu überrumpeln und hielt ihn mit meinem anderen Fuß fest. Erstaunt hob Thorsten eine Augenbraue hoch. Gut, dann war ja klar, woher der Fuß kam. Hätte mich auch gewundert, wenn Markus zum Angriff übergegangen wäre.

„Wer sagt denn, dass Thorsten ein echter Mann ist?“, zischte Markus plötzlich.

Erschrocken sah ich ihn an. Das war aber nicht nett. Thorsten schaute auf seinen Teller. Nun war ich es, der seinen Fuß streichelte, aber er zog ihn weg. Wütend funkelte ich Markus an. Wie konnte man seinem Partner gegenüber so respektlos sein? Was für ein Holzfäller!

Jürgen erhob sich und holte den Nachtisch. Ich stand ebenfalls auf und lief ihm hinterher in die Küche. Mit klopfendem Herzen wartete ich darauf, dass er die Mousse au Chocolat aus dem Kühlschrank holte und schnappte mir die Schüsseln.

„Du, Jürgen?“

„Hm?“

„Woher kennst du die beiden?“

„Klaus kennt Thorsten von irgendeinem Prozess. Danach haben wir die beiden mal zufällig im Alstercafé getroffen und sind ins Quatschen gekommen.“

„Besonders glücklich scheinen sie ja nicht zu sein, oder?“

Jürgen sah mich prüfend an. „Ich wusste, dass er dir gefallen wird.“

„Was?“ Überrascht knallte ich die Schüsseln auf die Arbeitsplatte. „Du wusstest...ich meine...“

Jürgen winkte ab. „Schätzchen!“ Mit gespielt strenger Miene kam er auf mich zu und kniff mir in die Wange. „Du stehst doch auf solch bodenständige, knackige, attraktive Polizisten…"

„Habt ihr das etwa geplant?"

Jürgen stellte sich dumm. „Was geplant, Schätzchen?"

„Ach, komm schon. Du weißt genau, was ich meine. Hattet ihr vor, mich auf andere Gedanken zu bringen, oder mich zu verkuppeln?"

„Vielleicht beides", sagte Jürgen trocken und verließ die Küche. Nachdenklich trottete ich ihm hinterher. Na toll, ich war gerade dabei, mein Herz zu verlieren – an einen Mann, der bereits gebunden war! Ich schien von einer Katastrophe in die nächste zu schlittern. Tief durchatmend folgte ich Jürgen ins Wohnzimmer.

*

„Die beiden haben sogar ein Haus zusammen gekauft. Wenn das keine ernste Beziehung ist, was dann?" Ich schnaufte. Seit drei Tagen litt ich Höllenqualen. Thorsten ging mir nicht mehr aus dem Kopf und ich hing derartig meinen Tagträumen nach, dass ich eine Filmszene fünfmal hintereinander verpatzt hatte, so dass Jochen, der Regisseur, eine Pause anberaumte. Gott, war mir das peinlich. Dann hatte er mich gefragt, ob ich vielleicht etwas Urlaub brauchte, was ich dankend ablehnte. Urlaub war das letzte, was ich zurzeit gebrauchen konnte. Dann hatte ich ja noch mehr Zeit, über Thorsten nachzudenken.

„Das muss doch nichts heißen, Marten", holte mich Julia in die Wirklichkeit zurück.

„Wieso? Was meinst du damit?"

„Nun, du hast gesagt, Thorsten und … dieser Markus haben ein gemeinsames Haus. Aber Häuser kann man bekanntlich auch wieder verkaufen. Außerdem … hast du gefragt, wem das Haus gehört? Vielleicht gehört es auch einem von beiden, weil er es geerbt hat."

„Ich wage mich zu erinnern, dass Jürgen meinte, die beiden haben es gekauft."

„Ach, Marten! Das hört sich kompliziert an. Aber nichts ist unmöglich."

„Ich kann doch nicht zu Thorsten gehen und ihm sagen, dass ich mich unsterblich in ihn verliebt habe. Er hat einen festen Freund. So etwas macht man nicht."

„Stimmt! So was macht man nicht. Aber Frau vielleicht …"

„Julia! Was hast du vor?"

„Och, bei mir ist momentan überhaupt nichts los … ich könnte doch mal … Amor spielen?"

„Untersteh dich. Wenn es mit Thorsten so sein soll, dann schaffe ich das auch alleine. Aber ehrlich gesagt, will ich mich nicht in eine gut funktionierende Beziehung stecken."

„Hast du nicht gesagt, dass die beiden nicht sonderlich liebevoll miteinander umgegangen sind?"

„Ja. Das heißt, Thorsten war ganz normal. Ruhig, freundlich, aber distanziert, während Markus immer wieder Seitenhiebe auf ihn abgeschossen hat. Mann, war mir das peinlich."

„Na also, wenn der Thorsten so süß ist, wie du gesagt hast, hat er einen besseren verdient. Nämlich dich!"

*

Ich schaute aus dem Fenster. Dort stand eine riesige, schwarze Limousine, mindestens vier Meter lang. Ich zog meine Krawatte zurecht und lief in den Flur, um mir meinen Mantel überzuwerfen. Ich schaute noch einmal nach, ob ich alles mithatte … Geld, Eintrittskarte, Handy. Prima! Heute würde ich Nico wiedersehen – zusammen mit Annemarie. Mein einziger Wehrmutstropfen an diesem Abend. Ansonsten freute ich mich riesig auf den Ball. Jürgen und Klaus wollten mich eigentlich vor Ort damit überraschen, dass sie sich ebenfalls Karten gekauft hatten, aber da ich in der letzten Woche extrem hängende Ohren hatte –

gestresster, heimlicher Liebhaber und heimliche, unglückliche Liebe waren doch etwas zu viel für eine Person – offenbarten die beiden mir am Vorabend, dass sie mich begleiten würden. Ich freute mich riesig. Zu mehreren machte ein Ball ohnehin mehr Spaß als alleine. Ich verließ meine Wohnung und sprang die Treppe hinunter. Ein Chauffeur stieg aus und öffnete mir die Autotür. Ich stieg lächelnd ein und ließ mich in den hintersten Sitz plumpsen.

„Herzlich willkommen!“ Erschrocken schaute ich nach vorne. Vor mir saßen Jürgen und Klaus und hielten mir ein Glas Champagner hin.

„Ich hoffe, du hast nichts dagegen, dass wir dich begleiten?“, fragte Jürgen, während ich ihm ein Glas abnahm. Ich prostete beiden zu.

„Überhaupt nicht. Ich freue mich, wie ein kleines Kind auf seine Geburtstagsparty. Und ehrlich gesagt, bin ich doch etwas erleichtert, dass ihr mich abholt. So muss ich nicht alleine auf den Ball gehen.“

„Denk doch nur an all die fabelhaft gutaussehenden, knackigen, uniformierten Polizisten“, geriet Klaus ins Schwärmen.

Jürgen räusperte sich und versah ihn mit einem strafenden Blick.

„Doch nicht für mich, Schätzchen“, winkte Klaus schnell ab. „Unser Staatsanwalt hier sucht einen Polizisten … ich bin versorgt.“ Klaus strich Jürgen liebevoll über das Hosenbein.

Jürgen grummelte leicht, dann lächelte er versöhnlich.

Ich trank meinen Champagner und lehnte mich zurück. Nach einer halben Stunde erreichten wir unser Ziel. Die Tür wurde geöffnet und wir stiegen aus. Vor uns lag ein roter Teppich und alle Leute drehten sich nach uns und dem pompösen Auto um. Wie gut, dass ich mich für meinen besten Anzug entschieden hatte, den anthrazitfarbenen mit feinen silbernen Streifen. Jürgen trug einen dunkelblauen Anzug, während Klaus‘ schwarz war. Insgesamt machten wir alle drei eine gute Figur. Mit einem unterdrückten Grinsen liefen wir über den roten Teppich und zeigten unsere Eintrittskarten vor.

Kaum waren wir an der Garderobe, um unsere Mäntel abzugeben, als jemand von hinten kam und Jürgen auf die Schulter schlug. „Ah, Richter Müller! Was treibt Sie denn auf unseren bescheidenen Ball?"

Jürgen drehte sich um. „Polizeihauptkommissar Meyer. Es ist mir ein Vergnügen, Sie hier zu treffen. Eine solche Feierlichkeit kann man sich doch nicht entgehen lassen."

Der dickliche Kommissar hielt sich lachend den Bauch. „Sehr komisch … Wo haben Sie denn Ihre Frau gelassen, Richter Müller?" Suchend schaute er sich um.

Jürgen zeigte auf Klaus. „Oh, die habe ich mitgebracht."

Verwirrt sah der Kommissar zwischen Jürgen und Klaus hin und her. Dann wich er einen Meter zurück, als habe Jürgen ihm gerade offenbart, an einer hochansteckenden, tödlichen Krankheit zu leiden.

Ich ging zum Kommissar und zog an seinem Arm.

„Hören Sie! Richter Müllers Frau ist schon vor vielen Jahren gestorben. Eigentlich waren sie ja auch gar nicht verheiratet. Wilde Ehe, Sie verstehen?"

Der Kommissar nickte betroffen. „Das wusste ich nicht."

„Sehen Sie, Richter Müller reagiert noch etwas empfindlich, wenn man ihn auf seine Frau anspricht. Er vermisst sie eben sehr! Daher hat er seinen besten Freund aus Schultagen mitgebracht. Richter Klaus Müller. Sie kennen ihn vielleicht?"

Der Kommissar schüttelte den Kopf.

„Na ja, macht ja nix. Sprechen Sie ihn besser nicht mehr auf seine Frau an, okay! Sonst ist der Abend verpatzt."

Der Kommissar nickte und verabschiedete sich. „Nichts für ungut, Richter Müller."

Jürgen hob zum Gruß die Hand und sah mich fragend an. „Lass uns den Abend genießen, verwitweter Richter Müller …"

Jürgen verstand und knuffte mir in den Oberarm. „Danke. Du bist ein echter Freund."

Wir betraten den Ballsaal und wurden von den Menschenmassen fast erschlagen. Ich glaube, fast die ganze Belegschaft war anwesend. Hamburgs Verbrecher hatten freie Bahn heute

Nacht. Wir suchten nach unserem Tisch und stellten mit Schrecken fest, dass man uns ausgerechnet zu Nico und Annemarie gesetzt hatte. Genervt verdrehte ich die Augen. Ich begrüßte Annemarie verhalten, nickte Nico zu und setzte mich.

„Hey, Marten, du hier?“, wurde eine wohlbekannte Stimme hinter mir laut. Mein Herz machte einen Aussetzer und ich spürte die Hitze in meine Wangen kriechen, als ich mich langsam umdrehte.

„Thorsten! Schön, dich zu sehen.“ Ich reichte ihm die Hand. „Wo ist …?“

Thorsten winkte ab und beugte sich auf seinem Stuhl nach vorne. „Markus hasst solche Veranstaltungen. Er ist zu Hause geblieben.“ Er sah mir tief in die Augen und ließ meine Hand gar nicht mehr los. „Das bedeutet, wir zwei haben heute viel Zeit, uns miteinander zu unterhalten“, fügte er leise hinzu.

Ich lächelte ihn an.

Neben mir tauchte ein Polizist auf, der bedauernd auf seine Tischkarte schaute. „Ach, wie schade. Jetzt hätte ich so gerne bei dir gesessen, Tom!“ Er blickte zum Nachbartisch und zuckte entschuldigend mit den Schultern.

Der anvisierte Tom winkte ab. „Dann quatschen wir halt nachher weiter, Alex.“

„Ich würde mich bereit erklären, zu tauschen.“ Thorsten erhob sich und bot seinen Platz an.

Alex hob erstaunt die Augenbrauen. Dann lächelte er. „Wirklich?“

„Klar, ist doch für ‘nen Kollegen!“

Alex zog seinen Stuhl vom Tisch weg und hielt ihn Thorsten hin. „Prima! Dann bedanke ich mich mal.“

„Kein Problem. Gern geschehen.“

Alex setzte sich an den Nachbartisch und war gleich darauf in ein Gespräch mit Tom vertieft.

Zufrieden ließ sich Thorsten neben mir auf den Stuhl fallen. „Der Abend verläuft immer besser, findest du nicht?“

Ich nickte.

Jürgen nahm neben Thorsten Platz und bestellte für Klaus

und sich einen Weißwein. „Ich nehme auch einen“, rief ich dem Kellner zu.

„Ich auch“, hob Thorsten die Hand.

„Du bist aber mutig, alleine auf einen Ball zu gehen“, begann ich vorsichtig ein Gespräch mit Thorsten, während ich die bohrenden Blicke von Nico spürte. Ich versuchte, sie zu ignorieren.

„Ach was, sind doch alles Kollegen hier. Der Ball ist immer so nett. Das Essen hervorragend und ich tanze so gerne. Das lasse ich mir nie entgehen.“

„Obwohl Markus nicht mitkommt?“

„Das erste Mal vor drei Jahren war er dabei, aber er fand den Abend so ätzend, dass er nur schlechtgelaunt herumsaß und mir den Spaß verdorben hat. Seither nehme ich ihn nicht mehr mit. Kann keine Spaßbremse gebrauchen.“

„Verstehe ich ... sehr gut, sogar.“

Nico versuchte, meine Aufmerksamkeit auf sich zu ziehen, doch ich hatte einfach keine Lust, zwischen ihm und seiner Frau einen Spagat hinzulegen. Annemarie war zwar ganz nett, aber sie hatte noch nie zu den Menschen gehört, mit denen ich mich gerne abgegeben hatte.

„Marten, wir haben dich neulich in einer Fernsehsendung gesehen. Kann das sein? Hast du deinen sicheren Job als Staatsanwalt an den Nagel gehängt?“, sprach Annemarie mich an.

„Ich bin nur für ein Jahr beurlaubt. In dieser Zeit bin ich beim Fernsehen. Das stimmt! Ich wusste gar nicht, dass du dich für diese Gerichtssendungen interessierst, Annemarie. Soweit ich mich erinnere, hast du dich immer über diese Art der Fernsehsendung lustig gemacht.“

Annemarie lächelte. „Stimmt. Eigentlich sind die ja auch Quatsch. Aber jetzt, wo ich vollberuflich Mutter bin, schaue ich doch ab und zu mal nachmittags fern. Was liegt da näher, als ein bisschen etwas über die Juristerei zu sehen.“ Annemarie drehte sich zu Nico um und gab ihm einen Kuss auf den Mund. „Und Nico guckt mit, nicht wahr? Er liebt deine Sendung!“

„Aha!“ Verhalten lächelte ich ihn an, doch er erwiderte

mein Lächeln nicht. Mit finsterer Miene saß er am Tisch und schwieg. Doch das schien seine Frau gar nicht zu bemerken. Ich jedoch hatte keine Lust, mir die gute Laune verderben zu lassen und wendete mich wieder Thorsten zu.

Plötzlich legten sich von hinten zwei eiskalte Hände über meine Augen. „Hallo, Marten!“, hauchte eine wohlbekannte Stimme. Überrascht drehte ich mich um.

„Julia! Was machst du denn hier?“

Julia grinste. „Nun, ich konnte meinen Mann zum ersten Mal überreden, zwei Karten zu kaufen. Zuhause sitzt unsere Babysitterin und hütet die Kinder.“ Julia beugte sich vor und flüsterte mir ins Ohr. „Hast du die Tischordnung gesehen? Ich hatte meinen Mann gefragt, ob er seinen Kollegen bitten kann, uns alle zusammenzusetzen … war doch ‘ne gute Idee von mir, oder?“

Ich hob den Daumen. „Super!“ Wobei ich mich noch mehr darüber gefreut hätte, wenn Nico am anderen Ende des Saales gesessen hätte. Julia sah meinen Blick und schaute zum grimmigen Nico hinüber. Dann drehte sie sich zu ihrem Mann um, flüsterte ihm etwas ins Ohr und verschwand. Kurz darauf kam sie lächelnd zurück. Entschuldigend beugte sie sich zu Annemarie hinunter.

„Annemarie! Hallo! Kennst du mich noch?“

Verwirrt sah Annemarie zu Julia hoch und lächelte verlegen.

Julia winkte ab. „Macht nix. Ist ja auch schon lange her, dass wir zusammen studiert haben. Wie dem auch sei, Tom ist leider bei der Besetzung der Tische ein Fehler unterlaufen. Er lässt sein Versehen vielmals entschuldigen … auf jeden Fall ist euer Platz dort hinten. Tisch zwei.“ Julia zeigte auf das andere Ende des Saales und zuckte mit einem zuckersüßen Lächeln im Gesicht entschuldigend mit den Schultern.

Stöhnend, aber gefasst, erhob sich Annemarie und zog Nico hinter sich her. Kurz darauf erschien ein anderes Pärchen, das Julias Mann überschwänglich begrüßte.

„Ach“, Julia kam noch einmal zu mir. „Das ist übrigens

Toni, mein Mann. Bisher haben wir es ja nie geschafft, euch miteinander bekannt zu machen."

Das stimmte. Ich kannte Julia nun schon so viele Jahre und immer, wenn wir uns gesehen haben, war ihr Mann nicht da. Er sah nett aus. Schüchtern, ruhig, aber sympathisch. Er schüttelte meine Hand und setzte sich zu unserem Neuzugang an den Tisch.

Julia beugte sich noch einmal zu mir hinunter. „Sorry. Hatte total vergessen, Tom Bescheid zu geben, dass er Nico woanders hinsetzen soll. Aber ist ja jetzt noch mal gut gegangen." Sie drückte meine Schulter und lief um den Tisch herum zu ihrem Mann.

„Meine sehr verehrten Kollegen, liebe Gäste, ich freue mich, Sie nun zu unserem dreißigsten Polizeiball begrüßen zu dürfen. Anlässlich unseres Jubiläums haben wir uns etwas ganz besonderes für Sie ausgedacht. Es gibt nicht nur ein Fünf-Gänge-Menü, sondern dazwischen auch noch etwas Unterhaltung vom Zirkus Roncalli."

Lauter Beifall brach aus. Einige der männlichen Gäste – knackige Polizisten – johlten und pfiffen. Offenbar zeigten die ersten Bier- und Weingenüsse bereits ihre Wirkung. Mir war alles egal. Ich wollte das Essen, die Kunststücke und meinen Wein genießen… und natürlich … Thorsten. Wir redeten unaufhörlich und am Ende des Essens hatte ich das Gefühl, meinen passenden Deckel gefunden zu haben. Über die Tatsache, dass er noch liiert war, dachte ich lieber nicht nach. Aber auch Thorsten machte nicht den Eindruck, als sei er unglücklich neben mir. Er lachte, quatschte und berührte mich bei jeder Gelegenheit. Ich war wie verzaubert.

Nach dem Essen war Damenwahl. Eine kleine Band ließ die ersten Töne erklingen. Julia sprang auf und wollte ihren Mann vom Stuhl ziehen, aber Toni blieb unnachgiebig darauf sitzen. „Vielleicht nachher", vertröstete sie.

Sie verdrehte die Augen. Hilfesuchend blickte sie zu mir. Ich grinste ihr zu. Sie verstand sofort und forderte mich auf. Verwirrt schaute Toni uns nach.

Wir tanzten gleich zwei Lieder hintereinander und kamen dann ausgelassen an den Tisch zurück. Das Licht wurde im Saal etwas gedämpft und nun spielte die Band auch Musikstücke, die man alleine tanzen konnte. Sofort nutzte ich die Gelegenheit und fragte Thorsten, ob er mit zur Tanzfläche kommt. Begeistert sprang er auf und folgte mir. Aus den Augenwinkeln sah ich Nico, der uns auf Schritt und Tritt beobachtete. Ich tanzte neben Thorsten und ließ mich von der Musik treiben. Zwischendurch quatschten wir, dann gingen wir an die Bar, um noch etwas zu trinken.

Gegen Mitternacht kamen Nico und Annemarie zu uns, um sich zu verabschieden. Nico sagte kein Wort. Stattdessen schaute er mich mordlüstern an. Kaum war er verschwunden, drehte sich Thorsten zu mir um.

„Du sag mal, wer war das denn? Kanntest du ihn?"

Ich nickte. „Ja. Das war Nico."

„Hattet ihr mal was miteinander?"

Wieder nickte ich. Eigentlich hatte ich gar keine Lust, ihm von Nico zu berichten, doch er bohrte so lange nach, bis ich ihm die ganze Geschichte erzählte.

„Tja, das war's eigentlich auch schon."

Thorsten sah nachdenklich in sein Whiskeyglas. Dann schaute er mir tief in die Augen. „Du bist wirklich außergewöhnlich, Marten. Ich mag deine ruhige Ausstrahlung, deinen Humor, deine Art, wie du sprichst und denkst … kurz … ich befürchte, ich habe mich in dich verliebt!"

Ich verschluckte mich an meinem Wein. Prustend stand ich an der Bar, hatte einen hochroten Kopf und wäre ihm am liebsten um den Hals gefallen. Warum musste ich auch ausgerechnet jetzt einen Hustenanfall bekommen? Zögernd klopfte Thorsten mir auf den Rücken. Er bestellte ein Glas stilles Wasser und reichte es mir. Dankbar nahm ich es entgegen. So langsam beruhigte ich mich. Gott, der leckere Weißwein und Thorstens Geständnis hatten mir echt den Kopf verdreht. Mir war ganz schwindelig. Bevor mein Verstand noch *halt* rufen konnte, legte meine Zunge auch schon los.

„Ich habe mich in dem Moment in dich verliebt, als ich dich in Jürgens Wohnzimmer am Esstisch sitzen sah. Deine verstrubbelten Haare lachten mir keck entgegen, während mich deine warmen, grünen Augen liebevoll begrüßten. Ich kann an nichts anderes mehr denken. Du gehst mir nicht mehr aus dem Kopf. Ich kann mich am Set nicht mehr auf meinen Text konzentrieren und ich zermartere mir das Gehirn, wie ich dich für mich gewinnen kann, ohne deine Beziehung zu zerstören. Ich möchte keine Beziehung auf dem Unglück anderer aufbauen."

Gerührt schaute Thorsten mich an. „Du bist wirklich unglaublich. Es ehrt dich, dass du so denkst. Und ich freue mich, dass du meine Gefühle erwiderst. Ich kann auch an nichts anderes mehr denken. Überall auf den Straßen denke ich, du bist das. Ich wandle herum wie ein halluzinierender Drogenabhängiger ..."

„Ach herrje! Das wollen wir ja nicht." Frech grinste ich ihn an. Er knuffte mir in den Oberarm.

„Na, ihr zwei Turteltauben. Ihr versteht euch ja prächtig." Klaus und Jürgen tauchten an der Bar auf und bestellten sich eine Cola.

„Wir haben nur ein klitzekleines Problem", fügte ich leise hinzu.

Thorsten sah mich verwundert an. „Und was für eins?"

„Markus!"

*

Es war Sonntag. Die Sonne schien durch mein Fenster und kitzelte meine Nasenspitze. Müde räkelte ich mich und betrachtete mein großes, leeres Bett. Nico war bei seiner Familie – und blieb da hoffentlich auch – und Thorsten war vor etwa fünf Stunden bei sich zu Hause angekommen. Er hatte mir noch eine SMS geschickt. Lächelnd wälzte ich mich über das Bett und griff nach meinem Handy. Ich rief die Nachricht noch einmal auf.

Geliebter Marten,
du hast mein Herz im Sturm erobert. Meine Beziehung ist schon lange kaputt. Mach dir also keine Sorgen. Alles wird gut!
I.e.L., Thorsten

In ewiger Liebe. Mein Herz schlug wild gegen meine Brust. Thorsten war wirklich ein toller Mann. Ich starrte zur Decke und stellte mir sein Gesicht vor. Schade, dass ich kein Foto von ihm hatte. Plötzlich schrie mein Handy. „Sie haben Post, uhuhuhuu-uu!" Erschrocken drückte ich auf die grüne Taste. Ich hatte es viel zu laut eingestellt. Die SMS war von Jürgen. Neugierig öffnete ich sie und stellte überrascht fest, dass Jürgen Thorsten gestern Abend fotografiert haben musste. Mir lachten zwei grüne Augen entgegen, die von kleinen Lachfältchen nur so umgeben waren. Mein Handy schrie erneut.

Moin, Marten!
Geh und öffne dein E-mailpostfach. Haben noch bessere Fotos gemacht.
Gruß, J + K

Das ließ ich mir nicht zweimal sagen. Ich sprang aus dem Bett und fuhr meinen Laptop hoch. Klaus und Jürgen hatten tatsächlich jede Menge Fotos geschossen. Ich hatte gar nicht bemerkt, dass sie eine Digitalkamera dabei gehabt hatten. Vermutlich war das Klaus' Kamera! Die war so klein, dass sie in mein Portemonnaie gepasst hätte. Schmunzelnd betrachtete ich die Bilder. Ganz zum Schluss kam noch ein Foto von Nico und Annemarie. Die beiden sahen aus, als säßen sie auf einer Beerdigung. Klaus hatte eine kurze Notiz darunter geschrieben. *Klappert zu sehr! Nimm lieber den anderen Deckel.* Ein Pfeil zeigte nach unten. Ich scrollte herunter und sah Thorsten, wie er sich ganz nah zu mir hinüberbeugte. Wir lachten und sahen uns dabei tief in die Augen. Ein schönes Foto.

*

Es verging kein Tag, an dem Thorsten mir keine E-mail oder SMS schickte. Aber treffen wollte er mich nicht. Er wollte zuerst seine Verhältnisse ordnen und meinte, dafür brauchte er einen klaren Kopf.

Nico meldete sich gar nicht. Er war schwer beleidigt und tauchte erst zwei Wochen später bei mir auf. Unangemeldet. Ich war gerade dabei, meine Wohnung zu verlassen, um Klaus und Jürgen bei ihrem Umzug zu helfen. Es war sieben Uhr morgens. In Joggingklamotten stand Nico vor meiner Tür.

„Guten Morgen, Marten. Darf ich hereinkommen?“

„Hi! Das ist aber eine Überraschung. Am Sonntagmorgen. Sei mir nicht böse, Nico, aber ich habe leider gar keine Zeit. Klaus und Jürgen ziehen heute zusammen. Ich habe ihnen versprochen, beim Umzug zu helfen.“

„Na gut. Wenn das so ist.“ Enttäuscht ließ er den Kopf hängen.

Ich stöhnte innerlich, bat ihn aber dann doch kurz herein. Gewisse Dinge musste man ja nicht unbedingt im Treppenhaus besprechen, auch wenn womöglich noch alle Bewohner dieses Hauses tief schliefen.

„Du kommst vom Joggen?“, fragte ich fast beiläufig.

Nico verneinte. „Das ist nur Tarnung. Ich konnte Annemarie schlecht weißmachen, dass ich am Sonntagmorgen zu dir fahre.“

„Wieso nicht?“

Nico stutzte. „Nun, das ist wohl nicht die richtige Zeit für Männerbesuche, oder?“

Ich zuckte gleichgültig mit den Schultern. „Und wie stellst du dir das in Zukunft vor? Soll ich immer auf Abruf in meiner Wohnung sitzen und darauf warten, dass du dich von deiner Familie losreißt? Ehrlich gesagt, ist mir das zu anstrengend. Ich will einen Mann für mich alleine!“ Trotzig schob ich meine Unterlippe vor.

Nico betrachtete mich. „Ich habe schon überlegt, ob ich mich von Annemarie trenne …“

„Aber?“

„Ich weiß auch nicht … die Kinder …“

„Du meinst, Annemarie würde dich die Kinder nicht mehr sehen lassen? Das glaube ich nicht. Mag sie sein, wie sie ist, aber das traue ich ihr nicht zu.“

„Was soll das denn nun heißen?“

„Nichts.“

„Nichts? Du hast offenbar kein gutes Bild von ihr, oder?“

„Ist doch egal, was ich von ihr denke. Ich wollte mit dir, nicht mit ihr zusammen sein.“

„Hm.“

Ich sah auf die Uhr. „Hör zu, Nico! Wir müssen unser Gespräch ein anderes Mal fortsetzen. Jetzt muss ich los.“

„Wann sehen wir uns wieder?“

Gar nicht, hätte ich am liebsten gesagt. Wieso war zwischen uns eigentlich so viel kaputt gegangen? Ich konnte mich nicht an den Zeitpunkt erinnern, als meine Gefühle zu bröckeln begannen.

„Sehen wir uns wieder?“, bohrte Nico nach.

„Ach, Nico! Ich dachte wirklich, du bist mein Deckel. Der Mann, auf den ich mein ganzes Leben lang gewartet habe. Aber mittlerweile kommen mir da so meine Zweifel. Wir haben komplett unterschiedliche Interessen. Unsere Leben können verschiedener nicht sein. Du bist mit einer Frau verheiratet, hast zwei süße Kinder und ich bin Single. Ich habe weder Frau, noch Kinder. Leider. Aber ich möchte auch nicht dein heimlicher Geliebter für den Rest meines Lebens sein. Ich finde, ich habe besseres verdient.“

„Vielleicht trenne ich mich“, versuchte es Nico noch einmal.

Ich schüttelte den Kopf. „Genau davor hat mich Julia gewarnt. Sie sagte zu mir, du wirst mich unglücklich machen, weil du deine Frau und deine Kinder nie verlassen wirst. Das ist wie im schlechten Film oder im wahren Leben, wo die Männer ihren

Geliebten versprechen, dass sie sich für sie von ihren Frauen scheiden lassen. Alles nur leere Versprechungen. Sei mir nicht böse, Nico. Ich glaube, es ist besser, wenn wir uns nicht mehr sehen."

„Ist es … dieser … Thorsten?"

„Nein. Ich bin unglücklich mit dir … mit der Situation, in der wir uns befinden. Ich eigne mich nicht als heimlicher Liebhaber. Ich will mehr als nur ein paar kurze, gestresste Treffen in meiner Wohnung."

Nico nickte stumm. Dann drehte er sich zur Tür. „Mach's gut."

„Ja, du auch."

*

„Puh, hast du Baggersteine in die Kartons gepackt, Klaus?"

Heftig atmend stellte ich den Karton ab. Jürgen und Klaus hatten ihre beiden Wohnungen verkauft und sich eine bezaubernde, alte Villa gekauft. So etwas würde mir auch gefallen, obwohl ich meine Wohnung auch mochte.

„Du schaffst das doch mit links, Schätzchen. Bei deinem Körperbau!" Vielsagend hob Klaus die Augenbrauen.

Ich lachte leise auf und verließ den Flur. Draußen im LKW warteten noch jede Menge Kartons auf mich.

Am Abend hatten wir Klaus' Wohnung komplett ausgeräumt und alle Möbel und Kartons in die Villa gebracht. Beim Gedanken an den morgigen Tag wurde mir schlecht. Noch so ein Umzugstag. Ich war gar nicht scharf darauf. Und das ausgerechnet in meiner Urlaubswoche. Das hatten die beiden ja super geplant. Was unternahm man nicht alles für seine Freunde?

„Komm, Schätzchen. Setz dich erst mal. Wir haben was von diesem kleinen, türkischen Restaurant bestellt. Hier, Lammfilet mit Kartoffelspalten und Gemüse. Das magst du doch."

Dankbar nahm ich am Esstisch Platz und meinen Teller

entgegen. Es roch vorzüglich.

„Mmh, die können euch glatt Konkurrenz machen“, scherzte ich.

Jürgen schnaufte, während Klaus leise kicherte. „Niemals, Schätzchen!“

„Was war eigentlich heute Morgen mit dir los? Du warst ja dermaßen wortkarg und grimmig ... konnte doch nicht am frühen Sonntagmorgen gelegen haben. Soweit ich weiß, bist du kein Morgenmuffel.“ Aufmerksam betrachtete mich Jürgen und biss herzhaft in seine Pizza.

„Wusste gar nicht, dass die so leckere Pizza da haben“, bemerkte Klaus nebenbei.

Jürgen nickte und reichte mir ein Stück zum probieren. Sie war wirklich ausgesprochen köstlich.

„Also, was war los?“, bohrte Jürgen nach.

Ich stöhnte leise. „Na gut, du lässt ja sowieso nicht eher locker ... Ich wollte heute Morgen gerade zu euch fahren, als Nico plötzlich vor meiner Tür stand.“

„Nico?“, fragte Klaus nach, als hätte ich von einem Außerirdischen erzählt.

Ich nickte.

Klaus verzog das Gesicht. An der Pizza konnte es nicht liegen. „Der Junge hat dich gar nicht verdient, wenn du mich fragst“, abfällig schmiss Klaus seine Pizza auf den Teller.

Verwundert versah Jürgen ihn mit einem Seitenblick.

„Ist doch wahr“, verteidigte er sich und grinste.

„Alles, was ich bisher von deinem Sonnyboy gehört habe, hat mir nicht gefallen. Er ist ein selbstgefälliger Egoist. Alles muss sich nach ihm drehen. Und er kommt und geht, wann es ihm passt. Wann hatte er das letzte Mal Zeit für dich, wenn *du* ihn sehen wolltest?“

Ich dachte darüber nach. „Ein solches Mal gab es gar nicht, wenn ich ehrlich bin.“

„Siehst du“, quiekte Klaus auf und griff wütend nach seiner Pizza. „Er ist ein elendiger Egoist. Vergiss ihn am besten!“

Prüfend schauten die zwei mich an. „Du wirst ihn doch

nicht weiterhin treffen, oder?“, fragten sie wie aus einem Munde.

„Nein. Ich habe ihm heute Morgen gesagt, dass ich ihn nicht wiedersehen will. Er warf mir vor, es lege an Thorsten, aber das stimmt nicht. Ich weiß ja gar nicht, ob ich mit Thorsten zusammenkomme. Immerhin hat er Markus.“

„Hatte“, warf Jürgen trocken ein.

Erstaunt sahen Klaus und ich ihn an. „Woher weißt du das denn?“, flüsterte Klaus.

Jürgen zuckte mit den Schultern. „Hab‘ Markus beim Einkaufen getroffen.“

„Wann?“, entfuhr es mir. Ich hatte seit einer Woche keine Antwort mehr von Thorsten erhalten und war schon halb wahnsinnig vor Liebeskummer.

„Letzte Woche Samstag.“

„Und du hast nichts gesagt?“, warf Klaus ihm entrüstet vor. Dann nahm er meine Hand und streichelte sie.

„Mach dir nix draus, Schätzchen. Mir hat er auch nix erzählt.“ Dann drehte er sich zu Jürgen um. „Das hättest du mir ruhig sagen können.“

Ich hob abwehrend die Hände. „Nun streitet euch bitte nicht deswegen.“

„Tun wir ja gar nicht.“ Klaus stopfte den Rest seiner Pizza in den Mund und kaute wütend darauf herum. Er war schwer beleidigt, dass Jürgen ihm eine so wichtige Information unterschlagen hatte.

„Ich hatte so viel mit den beiden Umzügen zu tun, dass ich es vergessen habe. Ich musste ja alles planen, weil du diesen riesigen Prozess am Hals hattest, Klaus-Schätzchen.“ Jürgen versah Klaus mit einem Dackelblick, dass dieser augenblicklich dahin schmolz.

„Schon verziehen, mein Schatz!“

„Und Thorsten hat dir nix von der Trennung erzählt? Sprecht ihr zwei nicht miteinander?“, hakte Klaus nach.

Ich zerknüllte meine Papierserviette und legte sie auf den Teller.

„Gott, es tut mir wahnsinnig leid, dass wir dir nur so

eine schnöde Papierserviette anbieten können. Ist mir das peinlich …" Klaus tufftelte mit der Hand herum und entlockte mir ein Grinsen.

„Macht nix, Klaus. Bei mir zu Hause habe ich nicht einmal Papierservietten, nur Küchenpapier."

„Wie ordinär!", rief Klaus erschrocken aus.

Jürgen winkte ab. „Also, Marten. Was ist? Funkstille?"

„Seit einer Woche, um genau zu sein."

„Seitdem er sich getrennt hat", hauchte Klaus und schaute Jürgen hilfesuchend an. Dieser nickte.

„Wundert mich nicht."

„Wieso?", fragte Klaus erstaunt. „Manchmal bist du mir echt ein Rätsel, Schatz!"

„Das liegt doch klar auf der Hand. Wenn Thorsten sich letzten Samstag von Markus getrennt hat, dann braucht er sicherlich ein Stück, um sich davon zu erholen. Jemand mit gesundem Menschenverstand stolpert nicht einfach von einer in die nächste Beziehung. Das geht einfach nicht."

„Na, du bist ja auch *der* Beziehungsexperte … nach vierzig Jahren Singledasein", warf Klaus ihm leise vor.

Jürgen schaute ihn ernst an. „Ich war mein ganzes Leben lang Single. Nicht erst, seitdem wir uns kennen, Schätzchen!"

Klaus verzog mitleidsvoll das Gesicht. „Wirklich? Du Ärmster." Er umarmte ihn und drückte ihm einen Kuss auf die unrasierte Wange.

„Du könntest recht haben, Jürgen. Und was soll ich jetzt machen? Abwarten, bis er sich meldet?"

Ratlos schauten mich die beiden an.

*

„Julia! Das ist ja eine Überraschung. Was verschlägt dich denn am Montagabend ans Telefon?"

Julia war ein absoluter Telefonmuffel, völlig untypisch für

eine Frau. Die Frauen, die ich kannte, liebten lange Telefonate. Nicht so Julia.

„Ich wollte nur kurz durchklingeln und hören, wie es dir geht."

„Ich bin platt! Klaus und Jürgen sind gestern umgezogen. Und ich glaube, ich kann für die nächsten Jahre keine Umzugskartons mehr sehen."

„Verstehe ich nur allzu gut. Ich bin auch kein Freund von Umzügen. Aber tröste dich, wenn wir umziehen, dann nur mit einer Umzugsfirma."

„Das dürfte teuer werden bei euch ..."

„Macht nix. Aber bei fünf Kindern und einem riesigen Haushalt rühre ich keinen Finger, was das anbelangt. Muss ich auch nicht. Toni hat bereits eine gute Umzugsfirma ausfindig gemacht."

„Was soll das heißen?"

Julia stöhnte. „Wir ziehen nächsten Monat nach Sachsen. Du weißt doch, dass Toni Polizist ist. Und Beamte können das Bundesland nur wechseln, wenn sie einen Tauschpartner haben. Und den hat Toni nun endlich gefunden."

Stille. Julia war seit Jahren eine gute Freundin von mir und ich würde sie sicherlich vermissen.

„Du kannst uns jederzeit besuchen kommen. Wir haben sogar ein kleines Gästehaus auf dem Grundstück. Und das liegt inmitten hoher Berge. Total romantisch."

„Es fällt mir trotzdem schwer, dich gehen zu sehen. Aber euer Grundstück mitten auf dem Berg ist bestimmt bezaubernd. Ich komme, sobald ihr euch eingelebt habt. Zum Glück gibt's ja auch noch Telefone ... selbst in Sachsen."

„Ja. Ich bin dennoch traurig. Ich freue mich zwar, aber irgendwie ist Hamburg meine Heimat. Ist schon komisch, was? Ich, durch und durch Hamburgerin, im tiefsten Osten."

„Südosten ... fast."

„Hm. Hast du was von Thorsten gehört?", wechselte Julia das Thema.

Ich verneinte. Dann berichtete ich von Jürgens Einkaufsbummel, auf dem er Markus getroffen hatte.

„Gib ihm noch ein paar Tage Zeit. Ich bin sicher, er meldet sich … sobald er seine Gefühle sortiert hat."

„Ja, hoffentlich."

*

„Nico, was machst du denn hier?" Überrascht sah ich meine verflossene Liebe vor der Tür stehen, einen Koffer in der Hand, eine Reisetasche über der Schulter.

„Kann ich reinkommen?"

Widerwillig ließ ich ihn eintreten. Er stellte seine Sachen im Flur ab und betrat mein Wohnzimmer. Überall auf dem Tisch lagen die Fotos vom Ball verstreut, die Klaus und Jürgen mit ihrer Digitalkamera gemacht hatten. Wie gut, dass es mittlerweile in jeder Drogerie diese Fotodrucker gab, die einem innerhalb von Minuten nach Eingabe einer CD oder eines USB-Sticks Fotos ausdruckten. Die Bilder zeigten allerdings überwiegend Thorsten und mich.

„Du bist beschäftigt …", stellte Nico mit einem Blick auf die Bilder fest.

„Ja, macht nix. Was führt dich zu mir?"

„Annemarie hat mich rausgeschmissen. Sie hat meine Sachen durchwühlt und dein Foto zwischen einer Zeitschrift entdeckt."

„Na und? Das ist doch kein Grund, dich vor die Tür zu setzen."

Nico schüttelte den Kopf. „Sie hat mich daraufhin ausgequetscht. Das kann sie wirklich gut. Irgendwann konnte ich nicht länger standhalten und habe ihr alles gebeichtet."

„Alles?"

Nico nickte.

Ich zog die Augenbrauen hoch. „Oha!", war alles, was mir dazu einfiel. „Und nun?"

„Kann ich für ein paar Tage bei dir wohnen?"

Guter Gott, vor wenigen Wochen wäre ich vor Freude an die Decke gesprungen, aber jetzt passte mir das überhaupt nicht mehr. Fieberhaft dachte ich über mögliche Ausreden nach, als es an der Tür klingelte.

„Entschuldige mich!" Heute ging es hier zu wie im Taubenschlag. Ich ging zur Tür und betätigte den Türöffner. Sekunden später stand Thorsten vor meiner Tür und hielt mir eine Packung Pralinen hin.

„Hallo, Marten! Ich hoffe, ich störe nicht. Ich war gerade ... zufällig ... überhaupt nicht in der Gegend und dachte mir, ich fahre mal bei dir vorbei." Sein Blick fiel auf den Koffer und die große Reisetasche in meinem Flur. „Willst du verreisen?"

Ich winkte ab. „Nein, überhaupt nicht. Schön, dass du da bist."

Er trat ein und umarmte mich. Mmh, roch er gut. Ich wollte ihn gar nicht mehr loslassen. Das schien er zu spüren. Er sah mich verdutzt an. „Ist alles in Ordnung mit dir?"

Ich nickte. „Ich habe dich ... total ... vermisst. Seit zwei Wochen kein einziges Wort mehr von dir."

„Ja, tut mir leid. Ich habe mich von Markus getrennt und wollte erst alles in sicheren Tüten haben, bevor ich bei dir aufschlage. Du hast mir auch gefehlt ... sehr sogar."

Wieder umarmte er mich. Ich fühlte mich, als sei ich nach einer nie enden wollenden Weltumsegelung endlich nach Hause gekommen. Seine Umarmung tat so gut. Im Wohnzimmer räusperte sich Nico.

Erschrocken fuhr Thorsten zurück. „Du hast Besuch? Soll ich später wiederkommen?"

Ich schüttelte den Kopf. „Nico ist überraschend vorbeigekommen. Fünf Minuten vor dir."

Wir gingen ins Wohnzimmer, wo sich Thorsten und Nico mit einem kurzen Kopfnicken begrüßten.

„Und was passiert jetzt mit eurem Haus?", wollte ich von Thorsten wissen. „Setzt euch doch!"

Die beiden kamen meiner Aufforderung nach. „Tja, wir

haben das Haus einem Makler überlassen. Ich wohne momentan bei meiner Mutter, bis ich was Neues gefunden habe."

„Nico sucht auch gerade eine Unterkunft", erwähnte ich beiläufig. Erstaunt zog Thorsten die Augenbrauen hoch. „Hast du dich von deiner Frau getrennt?"

„Eher umgekehrt. Sie von mir!"

„Oh!"

Stille. Keiner sagte etwas. Ich hasste solche Situationen. Wie wurde ich Nico jetzt am besten wieder los, ohne rüde zu sein?

Plötzlich hatte ich eine Idee. Ich holte meinen Laptop hervor und wählte mich ins Internet ein. Dann rief ich die Immobilienseite auf und suchte.

„Wonach suchst du?", fragte Thorsten neugierig und rutschte zu mir herüber. Nico verzog das Gesicht.

„Ich suche nach einer Wohnung für Nico und nach … einem Haus für mich. Wobei … wenn du willst, kannst du hier einziehen, Nico!"

Nicos Gesicht erhellte sich ein wenig. „Wirklich?"

„Ja. Ich nehme das Haus hier. Ist mir schon beim Umzug von Jürgen und Klaus aufgefallen. Es liegt nur zwei Häuser von den beiden entfernt. Siehst du, kleine, schnuckelige Altbauvilla von privat zu verkaufen. Die nehme ich." Ich lächelte in die Runde.

Nico entglitten die Gesichtszüge. „Heißt das etwa, ich soll hier alleine wohnen? Und wer macht den ganzen Haushalt?"

„Du", schlug ich vor und lächelte angestrengt. Nico sah jetzt aus wie ein Mafiosi, so finster guckte er mich an.

„Ich? Du könntest doch hier wohnen bleiben. Ich wollte dich nicht vertreiben. Ich wollte mit dir zusammen hier wohnen."

Ich schüttelte entschlossen den Kopf. „Nee, Nico. Ich habe dir doch schon vorletzte Woche gesagt, dass wir einfach nicht zusammen passen. Wir sind zu verschieden."

„Es gibt auch Putzfrauen", warf Thorsten leise ein.

Nico sprang schnaufend auf. „Für so was gebe ich doch

kein Geld aus. Ich dachte, Marten … du könntest doch …“

„Was?“, rief ich entsetzt aus. „Für dich putzen? Dir den Haushalt führen? Dich von vorne bis hinten bedienen?“

Nico nickte langsam.

Ich war sprachlos. In was hatte ich mich denn da verliebt? Ich musste geistig umnachtet gewesen sein. „Ich bin sicher, Danke-Anke empfängt dich mit offenen Armen“, würgte ich hervor.

Thorsten stand auf. „Ich glaube, du gehst jetzt besser.“

Angespannt standen sich die zwei gegenüber und sahen sich unablässig an, bis Nico aufgab und das Wohnzimmer verließ. Er nahm seine Sachen und ließ die Wohnungstür hinter sich zufallen.

Aufatmend lehnte ich mich zurück. „Gott, was war das denn?“

Thorsten grinste. „Ein Ausrutscher!“

*

„Jetzt wohnst du nur zwei Häuser von uns entfernt. Ich bin ja so entzückt“, rief Klaus aus und klatschte begeistert in die Hände. Ich hatte tatsächlich die kleine Villa in der Straße gekauft, in der auch Klaus und Jürgen wohnten. Allerdings nicht alleine. Neben mir stand Thorsten und legte seinen Arm um meine Hüften. Dann zog er mich ins Wohnzimmer und kniete vor mir nieder. Um uns herum war alles fein säuberlich einsortiert, die Umzugsfirma hatte alles komplett übernommen, so dass wir keinen einzigen Finger rühren mussten, und so stutzte ich, als ich überall die vielen dunkelroten Rosenblätter sah. Auf dem Tisch brannten drei Kerzen.

„Marten!“

Mein Herz schlug mir bis zum Hals. Ich ahnte, was Thorsten vorhatte.

Klaus schlug sich quiekend die Hand vor den Mund und

packte Jürgens Arm.

„Seitdem ich dich das erste Mal gesehen habe, hast du mich verzaubert. Ich wusste, du bist derjenige, mit dem ich alt werden will. Jede Minute, die wir nicht zusammen sind, vermisse ich dich wahnsinnig. Ich liebe dich von ganzem Herzen. Willst du … mein Topf sein?“ Er grinste bis über beide Ohren.

„Ja, du mein Deckel … ich will!“

Thorsten sprang auf und riss mich überglücklich in seine Arme.

*

„Die Hochzeitstorte wird gerade vorgefahren“, bemerkte Klaus und zeigte aus dem Fenster.

Ich spähte über Jürgens Schulter hinweg hinaus und grinste. Der Fahrer hatte neben einem riesigen Karton noch eine kleine durchsichtige Plastiktüte dabei, in der ein kleines Brautpaar hin und her geschaukelt wurde.

Meine Schwester sprang auf und lief zur Haustür. Sie ließ den Lieferanten herein und lotste ihn durchs Wohnzimmer zur Terrassentür.

„Soll die Torte gleich draußen aufgebaut werden?“, rief sie mir zu.

„Nee, ich glaube, das ist keine so gute Idee. Heute ist der neunte August und sie haben echt heißes Wetter angesagt. Ich schlage vor, ihr bringt die Torte in unseren Kühlkeller.“

„Ist gut!“

Ich hörte, wie Katja den Mann zur Kellertreppe lotste und hoffte inständig, dass die Torte den Weg nach unten überleben würde.

Thorsten hatte auf einen kleinen Kältekeller bestanden, indem er Obst, Gemüse und bestimmte Weine kühlen wollte. Er war ein absoluter Kältefanatiker. Mir war es egal. Mit dem Spleen konnte ich leben. Zwei Räume weiter hatten wir eine kleine, gemütliche Sauna einbauen lassen und ein paar Fitnessgeräte hingestellt. Mittlerweile wohnten wir schon drei Monate in diesem schnuckeligen Haus und ich hätte mir nie träumen lassen, dass ich meine Altbauwohnung nicht vermissen würde. Im Gegenteil. Ich genoss die Wochenenden, an denen wir draußen auf der Terrasse frühstückten. Ab und zu kam meine Schwester Katja mit ihren beiden Kindern vorbei und so hatten wir immer etwas Leben in der Bude. Sogar Julia traute sich mit ihren fünf Kindern zu uns – allerdings ohne Ehemann. Entweder war es ihm unangenehm, ein schwules Pärchen zu besuchen – wovon ich insgeheim ausging – oder es stimmte, was Julia sagte und ihrem Mann war es einfach nur peinlich, wenn sich die Kinder daneben benahmen. Dabei waren sie allesamt absolut entzückend. Ich fragte mich bei ihren Besuchen lediglich, wie man fünf Kinder unter einen Hut brachte. Obwohl sie sich sehr wohl erzogen bei uns aufführten, war ich danach doch jedes Mal ein wenig geschafft und genoss den Abend auf meinem – pardon, unserem – Sofa. Thorsten machte es da weniger aus. Er liebte Kinder genauso wie ich und hatte fünf Geschwister vorzuweisen. Er war der Älteste und den Trubel jüngerer Brüder und Schwestern durchaus gewohnt. Bisher hatte ich seine Familie nur in Etappen kennengelernt, aber heute, an unserem großen Tag, waren alle eingeladen und niemand hatte abgesagt. Ich war schon sehr gespannt darauf, wie es sich anfühlen würde, seinem Familienklan gegenüber zu treten. Seine Eltern hatte ich erst vor wenigen Wochen kennengelernt, da sie den gesamten Winter über immer nach Australien flogen, um der Kälte zu entgehen. Seine Mutter, Lisa van der Benke, war eine äußerst attraktive Frau Ende fünfzig. Sie trug ihr schulterlanges, hellblondes Haar meistens offen und war immer perfekt aus dem Ei gepellt. Sein Vater war das krasse Gegenteil. Finn van der Benke hatte fast schwarze, wild gelockte Haare und hervorstechend grüne Augen. Thorsten sah ihm sehr ähnlich. Bei unserem Treffen trug er Jeans und ein olivgrünes Hemd. Er liebte legere Kleidung. Überhaupt war Thorstens Vater sehr entspannt. Es machte ihm offenbar nichts aus, dass sein Sohn mit einem Mann zusammen war, den er jetzt auch noch heiraten wollte. Da sie noch zwei weitere Söhne und drei Töchter hatten, die allesamt heterosexuell, verheiratet und mit Kindern gesegnet waren, hatten sie auch keine Not. Mit zehn Enkelkindern waren sie gut bedient.

Es klingelte an der Haustür. Meine Mutter lief hin und öffnete.

„Guten Tag, wir … ähm …“, hörte ich die Stimme von Thorstens Mutter.

Meine Mutter lachte. „Ah, hallo! Sie müssen die Eltern von Thorsten sein. Diese Ähnlichkeit …“ Sie schnalzte mit der Zunge.

Sie begrüßten sich überschwänglich und betraten das Wohnzimmer. Klaus war endlich fertig, mir die Fliege zu binden – eigentlich mochte ich die Dinger nicht sonderlich gerne, aber da Thorsten sie liebte und ich ansonsten jeden Tag mit einer Krawatte zur Arbeit laufen musste, hatte ich mich dazu durchgerungen, eine zu tragen. Ich ging auf meine zukünftigen Schwiegereltern zu und streckte die Hand aus.

„Frau van der Benke … Herr van der Benke … Wie schön, dass Sie schon da sind.“

Thorstens Vater winkte grinsend ab und zog mich väterlich an seine Brust. „Du gehörst doch ab heute zur Familie, mein Sohn. Ich bin Finn!“

Ich musste unwillkürlich lächeln. „Okay, Finn. Danke!“

„Und ich bin die Lisa.“

Ich deutete meiner Schwiegermutter in spe einen Handkuss an und verbeugte mich leicht. „Gerne, Lisa!“

Ich drehte mich um und suchte nach meinem Vater. Er hatte sich in die hinterste Ecke auf ein Kanapee verkrümelt, um dem Trubel etwas zu entgehen. Nun erhob er sich und zog seine Krawatte zurecht. Mit ausgestreckter Hand lief er auf Thorstens Eltern zu und begrüßte sie. Unsere Eltern boten sich gegenseitig das ‚du‘ an und damit war das Eis gebrochen. Unsere Mütter marschierten in die Küche, während mein Vater Finn auf die Terrasse bugsierte, wo sie sich erst einmal einen Kaffee gönnten.

Thorsten hatte die letzte Nacht bei seinem Bruder Johann

geschlafen. Er meinte, die Nacht vor der Hochzeit dürfe man auf keinen Fall unter einem Dach verbringen. Da meine Eltern und meine Schwester mit ihrer Familie bereits gestern kamen, um bei uns zu übernachten, hatte ich kaum Zeit, ihn zu vermissen. Aber komisch war es schon, schlafen zu gehen und neben sich eine leere Betthälfte zu haben. Im Grunde genommen war ich es ja gewohnt. Immerhin hatte Thorsten als Polizist diverse Nachtschichten, aber wenn ich allein in dem großen Haus war, fühlte ich mich schon so manches Mal etwas unbehaglich. Thorsten hatte einen Versetzungsantrag zur Kripo gestellt. Wenn das klappen sollte, würde er nur noch tagsüber arbeiten.

„Marten, hast du alles, mein Junge?" Mein Vater riss mich aus meinen Gedanken.

Ich schaute auf meine Armbanduhr. Es war bereits halb elf Uhr.

„Wann ist die Trauung?", fragte meine Mutter.

„Um halb zwölf Uhr", erwiderte ich. „Aber es ist keine *Trauung*, Mama!"

Meine Mutter winkte ab. „Papperlapapp…alles Unsinn! Ist doch alles das Gleiche. Es ist und bleibt eine Ehe! Seien wir doch mal ehrlich…egal, wie die Herren Politiker dieses gleichgeschlechtliche Dingsda nennen…im Grund genommen vollziehen und feiern wir heute deine und Thorstens *Eheschließung*."

Ich musste grinsen. Manchmal war meine Mutter wirklich süß. „Ich bin ganz deiner Meinung, Gerlinde", säuselte Lisa und hakte meine Mutter unter. „Wir Ladys gehen schon mal nach draußen zum Wagen. Ihr Männer könnt ja nachkommen, wenn ihr so weit seid."

Ich griff nach meinen Papieren, die ich dem Standesbeamten noch übergeben musste und scheuchte meine Schwester hinter meinem Schwiegervater aus dem Haus. Wir stiegen in die Autos und fuhren in Richtung Innenstadt.

*

Exakt zehn Minuten vor halb zwölf Uhr hatten wir endlich einen Parkplatz gefunden und bewegten uns im Pulk auf das historische Harburger Rathaus zu. Warum sich Thorsten unbedingt in diesem unschönen Stadtteil trauen lassen wollte, war mir bisher ein Rätsel gewesen. Ich fand die Idee gar nicht schlecht, unsere Eheschließung auf dem Hamburger Elbschiff zu vollziehen. Aber Thorsten gestand mir, dass er so schnell seekrank wird. Daher haben wir von meinem Vorschlag schnell wieder Abstand genommen. Stattdessen hatten wir das Angebot des Harburger Standesamtes angenommen und für einen beträchtlichen Aufpreis die Trauung im Harburger Rathaus gebucht. Und das Rathaus konnte sich wirklich sehen lassen. In seiner altertümlichen Pracht lag es nun vor uns. Thorsten wartete bereits mit seinen Geschwistern und begrüßte mich mit einer liebevollen Umarmung. Mir klopfte das Herz bis zum Hals. Ich glaube, ich war nicht einmal bei meinen Staatsexamina so nervös wie heute. Und damals hatte ich schon gedacht, ich stehe den Tag nicht durch.

Schwatzend und lachend betraten wir das Rathaus und wurden von dem Standesbeamten willkommen geheißen. Ich überreichte ihm unsere ganzen Anmeldeformulare und dann folgten wir ihm ins Trauzimmer. Die Räume waren alle sehr pompös, aber dennoch stilvoll und herrlich mittelalterlich eingerichtet. Ich war froh, dass Thorsten mich dazu überredet hatte, hier unseren Bund fürs Leben zu schließen. Wir nahmen vor dem Standesbeamten Platz und warteten nervös, bis sich alle Gäste auf ihren Stühlen niedergelassen hatten. Unser Eintritt in das alte Zimmer wurde von einer sanften Klaviermelodie begleitet, die der Standesbeamte jetzt abschaltete. Er räusperte sich und lächelte.

„Liebes Brautpaar … ähm … Verzeihung … liebes Paar, Herr Kruse und Herr van der Benke, liebe Gäste … wir haben uns heute hier versammelt, um den Bund dieser beiden sich Liebenden zu schließen, die ihre Liebe zueinander mit der Eintragung der gleichgeschlechtlichen Lebenspartnerschaft nach außen kundtun wollen."

Er räusperte sich wieder und zuppelte leicht nervös an seinem überdimensional großen Schnurrbart.

„Ich darf sagen, es macht wenig Unterschied, ob sich nun ein Mann und eine Frau, zwei Männer oder zwei Frauen auf diesen gemeinsamen Weg begeben wollen, denn wie alle Wege ist auch dieser nicht immer ein leichter. Es gibt wundervolle, seichte, mit Blumen überwucherte Wege, aber es gibt auch steinige, karge, ja versperrte Wege. Wenn zwei Menschen sich lieben und beschließen, fortan ihren Weg gemeinsam zu gehen, dann müssen sie sich darüber im Klaren sein, dass jeder ein Individuum ist und es so mancher Kompromisse bedarf, wenn man sich an einer Weggabelung für den einen oder anderen Weg entscheiden muss. Genauso wenig, wie die Sonne immer scheint, müssen sich die Liebenden auch mit dem schmuddeligen Schietwetter abfinden und das Beste daraus machen. Niemand sagt, dass eine Ehe oder eine Lebenspartnerschaft ein reines Zuckerschlecken ist. Es gibt sicherlich so manche Berg- und Talfahrt. Dennoch können Sie die Hindernisse überwinden, wenn Sie gemeinsam an einem Strang ziehen. Wären wir auf hoher See, würde ich sagen, werfen Sie den Anker, wenn's mal brenzlig wird…", er lachte leise, einige Gäste schmunzelten.

Thorsten und ich lauschten ernst und ganz gebannt.

„... aber wir Landratten müssen uns anderweitig behelfen. Ziehen Sie die Notbremse, wenn es hart auf hart kommt und vergessen Sie niemals, miteinander zu reden. Das Sprichwort *Reden ist Silber, Schweigen ist Gold* sollten Sie nicht sprichwörtlich nehmen, denn so manches Paar hat diese Haltung schon vor den Scheidungsrichter geführt. Sprechen Sie miteinander, tauschen Sie sich täglich aus, meistern Sie gemeinsam Ihre Probleme und erfreuen Sie sich an den schönen Tagen, die Sie gemeinsam erleben dürfen. Eine Partnerschaft ist etwas Wunderbares, etwas Kostbares. Halten Sie sie mit beiden Händen fest." Der Standesbeamte machte eine bedeutungsvolle Pause. Dann räusperte er sich erneut.

„Ich frage Sie nun, Marten Kruse, wollen Sie den hier anwesenden Thorsten van der Benke, zu Ihrem rechtmäßig angetrauten Lebenspartner nehmen, dann antworten Sie mit *‚ja, ich will'*."

Ich schluckte den dicken Kloß in meinem Hals hinunter und schaute in Thorstens wunderschöne, grüne Augen. Langsam nickte ich. „Ja, ich will", quiekte ich mit einem furchtbaren Flattern im Magen.

„Schön … dann frage ich nun Sie, Thorsten van der Benke, wollen Sie den hier anwesenden Marten Kruse zu Ihrem rechtmäßig angetrauten Lebenspartner nehmen, dann antworten Sie mit …"

„Ja, ich will!", posaunte Thorsten laut heraus, bevor der Standesbeamte seinen Satz beenden konnte. Hinter uns ertönte ein leises Kichern. Thorsten zuckte entschuldigend mit den Schultern und grinste mich an. Ich lächelte zurück. Ich liebte seine zuweilen stürmische Art.

„Sehr schön", lachte nun auch der Standesbeamte. „Gut … ähm … Sie haben sich dazu entschieden, als Zeichen Ihrer Verbundenheit, Ringe auszutauschen. Das können Sie jetzt tun."

Es raschelte im Raum und während wir uns die Ringe aus purem Platin ansteckten, vernahm ich ein leises Klicken vom Fotoapparat meines Vaters.

„Gut", brummte der Standesbeamte, „dann erkläre ich Sie hiermit für rechtmäßig eingetragene Lebenspartner und bitte Sie, hier mit Ihrem Namen zu unterschreiben. Haben Sie sich auf einen Namen geeinigt oder behält jeder seinen eigenen?"

Ich erhob mich und nahm den Kugelschreiber entgegen. Dann unterzeichnete ich mit *van der Benke*, was ich natürlich heimlich geübt hatte. Zum Leidwesen meiner Eltern hatten wir uns dann schließlich doch dazu entschlossen, Thorstens Namen anzunehmen, obwohl der Name Kruse damit sein Ende fand. Da es in Deutschland allerdings nur so von Kruses, Meyers und Müllers wimmelte, tat es mir überhaupt nicht leid.

Nun erhob sich Thorsten und übernahm den Stift. Auch er unterzeichnete die Urkunde und blickte grinsend in den Saal. Unsere Familien klatschten laut Beifall, gratulierten uns und segneten uns mit den besten Wünschen. Klaus wedelte gerührt mit seiner Hand vor seinem Gesicht herum und drückte immer wieder Jürgens Arm. Ich ahnte bereits, dass die beiden die nächsten sein würden, die in den Hafen der Ehe einfahren.

„Herr Marten van der Benke … daran werde ich mich erst noch gewöhnen müssen, mein Sohn!" Mein Vater umarmte mich und klopfte mir auf die Schulter.

Meine Mutter wischte sich die Tränen von den Wangen und küsste mich.

Irgendwie war ich erleichtert, dass die Trauungszeremonie zu Ende war und jetzt die Feier beginnen konnte.

*

Draußen wartete bereits der Partyservice mit kleinen Häppchen und etwas Orangensaft und Champagner. Da wir noch eine Rückfahrt von fast einer Stunde hatten, hatten wir uns diesen kleinen Zwischenimbiss gegönnt. Und das war auch gut so, denn die zwölf Enkelkinder unserer Familienoberhäupter waren extrem ausgehungert und mussten erst einmal abgefüttert werden. Danach fuhren wir im Konvoi nach Rahlstedt in unsere wunderschöne Altbauvilla zurück, wo ein bunt geschmückter Garten, ein Partyservice mit tonnenweise gutem Essen und eine riesige knalltürkise Hochzeitstorte mit zwei Bräutigamen auf uns wartete.

*

„Das war ein schöner Tag." Thorstens grüne Augen funkelten mich an. Spitzbübisch lächelte er.

Ich ließ meinen Blick über den Garten schweifen. Überall räkelten sich die Gäste pappsatt auf den Gartenstühlen. Im Hintergrund hörte man leise Musik. Die Hochzeitstorte war schon reichlich ramponiert. Aber die beiden Bräutigame standen noch immer grinsend obenauf.

Ich schaute Thorsten an und lächelte. „Ja … und wenn ich mir dich so anschaue …“, ich musterte meinen frisch angetrauten Ehemann von oben bis unten, „muss ich zugeben, dass ich wohl den Richtigen geheiratet habe.“

Lachend kniff Thorsten mir in die Seite. Bevor ich jedoch dazu kam, wegzulaufen, klopfte Jürgen mit einem Löffel gegen sein Glas.

„Liebes Brautpaar, liebe Gäste … ich möchte den schönen Augenblick der untergehenden Sonne nutzen und etwas sagen … die Hochzeits-Ansprachen sind ja bereits gemacht worden … keine Angst also … ich werde mich kurz fassen.“ Er räusperte sich. „Klaus, du bist nun seit über vierzig Jahren mein bester Freund. Wir haben zusammen studiert, zusammen gelernt, zusammen gelitten und mehr oder weniger auch zusammen gelebt. Aber eines haben wir nie getan!“ Alle waren mucksmäuschenstill. Klaus sah mit leuchtenden Augen zu Jürgen. Dieser räusperte sich. „Wir haben uns in all den Jahren unserer Freundschaft nie geoutet … das möchte ich jetzt nachholen …“

Klaus ließ enttäuscht den Kopf hängen. Das war nicht das, was er hatte hören wollen.

Jürgen schmunzelte und klopfte erneut an sein Glas, als einige Stimmen laut wurden. „Einen Augenblick noch bitte … lieber Klaus … wir beide sind schwul und das ist auch gut so … wir haben so viele Dinge miteinander geteilt, warum nicht auch diese Leidenschaft! Klaus, ich habe die letzten vierzig Jahre mit dir verbracht und ich hoffe, es werden noch einmal vierzig Jahre … denn ich kann mir ein Leben ohne dich nicht mehr vorstellen …“

Klaus schaute auf. Tränen blinzelten in seinen Augen.

„Klaus, ich liebe dich! Willst du mich heiraten?“

Klaus quiekte leise auf. „Ja!“ Dann lief er mit ausgestreckten Armen auf Jürgen zu und fiel ihm um den Hals.

Während er Jürgens Anzug durchtränkte, wedelte Jürgen mir aufgeregt zu und deutete auf den Tisch. Ich lief zu dem Stapel Servietten und brachte ihm welche. Dann stellte ich mich wieder neben Thorsten hin. Liebevoll nahm er mich in seinen Arm.

„Jetzt fehlt uns nur noch eine Horde Kinder, nicht wahr …“

Glücklich nickte ich. Meine Worte!

Manuel Lauretta
Unbekanntes Verlangen
176 Seiten 14,90 Euro
ISBN 978-3-940818-30-0

Manuele Soreno ist ein eher zurückhaltender aber bei den Mädchen sehr beliebter Junge. Auf einer Party lernt er Chris, den Freund seines besten Freundes Timo kennen. Dieser fußballfanatische Schönling, der durch seine offene Art sehr beliebt ist, bringt Manus Leben total durcheinander.
Anfangs interessiert er sich nur für das andere Geschlecht, doch durch Chris flammt in ihm ein unbekanntes Verlangen auf, dass ihn in ein Abenteuer aus Lust, Liebe und Enttäuschung wirft.

Florian Höltgen
Love me, Angel April
148 Seiten 14,90 Euro
978-3-940818-17-1
Steph hat ein Problem: Sein bester Freund Bastian ist in ein Mädchen verknallt und plötzlich ist er zu nichts mehr zu gebrauchen. Verzweifelt versucht Steph mit der neuen Situation klarzukommen. Plötzlich erhält Steph Hilfe – ausgerechnet von Bastians älterem Bruder Sven. Er zeigt ihm das schwule Nachtleben. Eine Welt, die Steph überdreht und unwirklich vorkommt. Bis er auf Angel trifft, den berühmt-berüchtigten Star der Szene. Mit einem Schlag sind Märchenwelt und Realität untrennbar miteinander verschmolzen, denn Steph kennt Angels Geheimnis – und Angel nun das von Steph ... Manchmal wächst die Liebe ganz unerwartet da, wo es die meisten Probleme macht.

Andy Claus
Stalker - Du gehörst mir

Seit Jahren sind Lukas und sein Michael ein Paar, aber jetzt will Lukas ausbrechen. Es kommt zum Streit, bis Michael handgreiflich wird. Lukas flüchtet, findet Zuflucht bei Billy. Aber Michael kann sich mit der Trennung nicht abfinden. Sein Leben dreht sich nur noch darum, Lukas zur Heimkehr zu bewegen. Er passt Lukas vor seiner Arbeitsstelle ab und verschleppt ihn. Das Verhängnis nimmt seinen Lauf, es beginnt ein Psychospiel, das beide bis zum bitteren Ende spielen müssen. Wie weit wird Michael gehen?

280 Seiten ISBN 978-3-940818-15-7

Thorsten Bonsch
Die rätselhaften Zwillinge

Julian Grifter lebt seit 15 Jahren in der Villa, mit der er eine Symbiose eingegangen ist, die ihn nicht altern lässt. Er begegnet er seinen Nachfolgern, den Brüdern Sinh und Daxx. Die eineiigen, afroasiatischen Zwillinge verbergen ein Geheimnis, das dem von Julian in nichts nachsteht. Trotz anfänglicher Hürden und mysteriöser Schmerzanfälle von Julian verlieben sie sich ineinander. Gemeinsam versuchen sie, dem Geheimnis auf die Spur zu kommen.

216 Seiten ISBN 978-3-940818-10-2

Justin C. Skylark
Überdosis Liebe

Neal plötzlich und ist auch nicht wieder aufzufinden. Gero und Neals Schwester, Francis, nehmen an, dass der längst den Drogen zum Opfer gefallen ist. Doch die Unsicherheit über sein Verschwinden lässt sie nicht los. Kann Dirk vielleicht weiter helfen? Als Neal plötzlich wieder auftaucht, überschlagen sich die Ereignisse. Was ist in seiner Abwesenheit geschehen? Wie verläuft Francis' Schwangerschaft? Kann Neal das Vertrauen von Gero und Francis zurück erobern?
Die Antworten dazu liefert der vorerst letzte Band der Neal-Anderson-Reihe

296 Seiten, ISBN: 978-3-940818-18-8

www.himmelstuermer.de

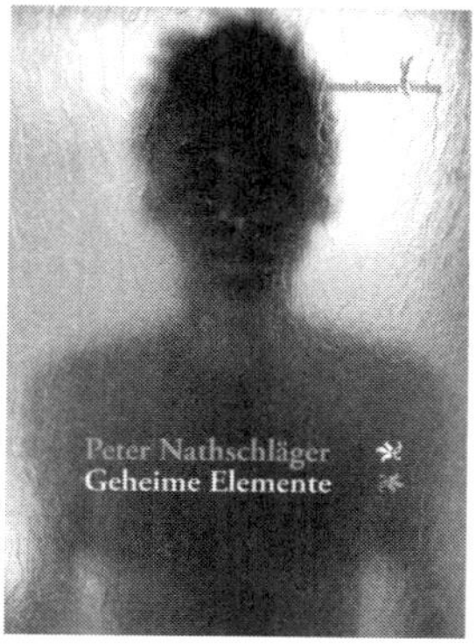

Peter Nathschläger
Geheime Elemente

Seit einem Jahr trauert der junge Martin um den Tod seines Bruders. Beinahe jeden Tag besucht er den Waldsee, in dem er ertrunken ist, und wirft Steine ins Wasser – seine Art Abschied zu nehmen. Darüber hinaus erschwert ihm der ständige Streit mit Hotelierssohn Kai das Leben. Doch eines Tages im Sommer taucht aus dem Wasser ein geheimnisvoller, elfenhafter Junge auf. Er zeigt ihm, wie man Trauer überwindet, wie aus Feinden Freunde, und aus Freunden Liebende werden können. Denn Kais Sticheleien sollten nur verbergen, dass er eigentlich in Martin verliebt ist.

Ein zutiefst bewegender Roman über den Umgang mit dem Tod, Freundschaft, Liebe und Wunder.

220 Seiten ISBN 978-3-940818-02-7

L. B. Roth
Das Meer in seinen Augen

Gern zieht David mit seinen Eltern in eine neue Stadt. In der Schule läuft nämlich gerade einiges aus dem Ruder. Das Schlimmste ist, dass die Vermutungen seiner Klassenkameraden wahr sind: Er steht auf Jungen. Als David auf Merlin trifft, beginnt er sich in diesen Jungen zu verlieben. Alles scheint hervorragend zu laufen, bis auf die Tatsache, dass Davids neuer Freund offen schwul lebt. Merlin hat gelernt, sich vor anderen zu verteidigen, und auch zu Hause versteckt er sich nicht hinter Lügen. Die junge Liebe wird schon bald auf eine harte Probe gestellt. Und zu allem Überfluss gährt schon das nächste Geheimnis im Verborgenen. Ein Geheimnis, das die Macht hat, alles ins Chaos zu stürzen …

470 Seiten ISBN 978-3-940818-04-1

Manuel Sandrino
Selbstverständlich schwul

Timmy ist ein verklemmter, schwuler 20jährigerer. Entschlossen seine Hemmungen in den Griff zu kriegen, besucht er eine Schule in San Francisco, die mit *Selbstverständlich schwul!* wirbt.

Dort entdeckt Timmy nicht nur das Geheimnis der Erotik, sondern vor allem einen ganz neuen Sinn im Leben. Der Süden Kaliforniens bietet so viel Neues und Aufregendes: als Statist in einem Film mitzumachen, eine spontane Show am Muscle Beach in Venice und als sich Timmy für eine Massage als Model zur Verfügung stellt, wird er unfreiwillig Lehrobjekt bei einem Tantra-Seminar. Timmy wird als schamloser Junge zum Symbol einer neuen Bewegung hochstilisiert. Andere sehen in Timmy ein Symbol des Zerfalls der Moral und es kommt im konservativen Amerika mit seiner Prüderie und Doppelmoral zu Protesten und seiner Entführung.

376 Seiten ISBN 978-3-940818-01-0

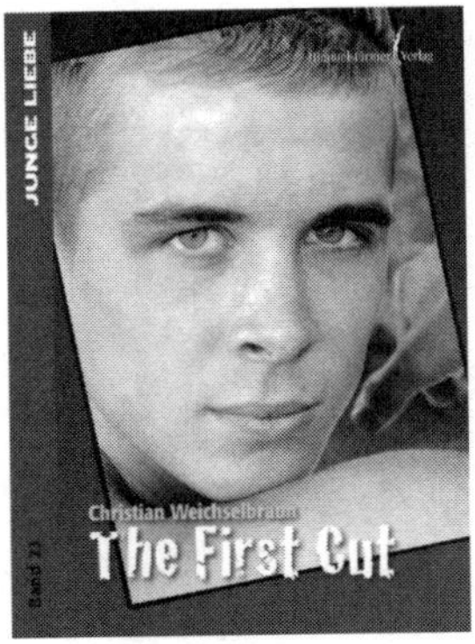

Christian Weichselbraun
The first cut

Jonar ist ein junger Schwuler, der unter seinem merkwürdigen Namen und zu geringem Selbstbewusstsein leidet. Da trifft er auf Tobias und es ist Liebe auf den ersten Blick. Doch Tobias beendet die Beziehung und hinterlässt einen am Boden zerstörten Jonar. In einem Taumel der Selbstzerstörung setzt Jonar sein ganzes bisheriges Leben aufs Spiel. Nicht einmal der hübsche und sensible Krankenpfleger David schafft es, Jonar auf andere Gedanken zu bringen. Es scheint kein Ende in Sicht. Im Angesicht dieser Probleme erkennt Jonar endlich, dass es Wichtigeres gibt als Selbstmitleid. Denn das Leben nimmt keine Rücksicht auf innere Verletzungen. Es geht einfach weiter. Mit voller Wucht …

220 Seiten ISBN 978-3-940818-05-8

Benjamin B. Morgner
Wenn der Liebe Flügel wachsen

Sören (16) findet seine erste große Liebe in Rico (19), dem jungen Italiener, der sich schon längst für ihn interessiert. Beide verbringen ein fantastisches Wochenende am Gardasee in Italien. Wie aber soll Sören es seinen Eltern beibringen, dass er schwul ist und nur auf Jungs steht? Sein Bruder Maik, der gleichzeitig Ricos Freund ist, hilft ihm über die schwierigen Klippen hinweg. Ein überaus gefühlvoller Coming-Out-Roman, der einen Blick in die Gefühlswelt eines sympathischen Jungen gibt, der seine ersten Schritte in Sachen Liebe durchlebt.

136 Seiten ISBN 978-3-940818-06-5

Florian Höltgen
Kiss me, teacher

Finn ist 16 und hat das Internet für sich entdeckt. Zahllose Möglichkeiten: Gay-Chats, Telefonsex, flüchtige Bekanntschaften ... Für ein Treffen hat es bislang aber noch nicht gereicht. Erst als er im Chat auf Volker trifft, ändert sich seine Meinung. Mit seinen 32 Jahren ist er Finn eigentlich zu alt, doch als Volker seinen Beruf nennt, weckt er in Finn Phantasien: Volker ist Lehrer.
Ein rasant geschriebenes Liebesmärchen voller Witz und mitreißenden Chat-Dialogen.

240 Seiten ISBN 978-3-940818-06-5

www.himmelstuermer.de